Per Olov Enquist

Grand-père et les loups

LA JOIE DE LIRE

Ouvrage publié avec l'aide de l'Institut suédois
et le concours du Centre national du livre à Paris

Per Olov Enquist

Grand-père et les loups

Traduit du suédois par Agneta Ségol

LA JOIE DE LIRE

Pour Cecilia Enquist, Marcus Enquist,
Mina Gilbertsson et Moa Gilbertsson
qui, avec courage, ont participé à l'aventure.

Merci à l'hôpital régional de Karlstad,
à l'équipe de sauvetage du Värmland et
à la police d'Arvika qui ont effectué un travail
remarquable dans des conditions difficiles.

P.O.E.

Chapitre 1
UNE NUIT ÉPOUVANTABLE

Voici comment les choses se sont passées.

Mina ne se rappelle plus très bien l'origine de leur aventure. Elle était trop petite à l'époque, dit-elle, et elle avait bien trop peur. Toujours est-il qu'après ce qu'ils ont vécu ensemble, elle est maintenant prête à affronter des dangers beaucoup plus impressionnants.

Quand son grand-père lui reparle de ce qui a tout déclenché, il obtient à chaque fois la même réponse : « Oui, mais j'étais petite à l'époque. Ça fait si longtemps. »

En réalité, seulement trois semaines se sont écoulées depuis. C'est étonnant comme on peut grandir en si peu de temps ! Ça peut paraître curieux, mais c'est vrai…

Mais commençons par le commencement.

Mina est une petite fille de six ans. Elle a les cheveux blonds et les yeux verts. A l'école, plus d'un garçon la trouve jolie, mais elle, elle s'en fiche pas mal. Sa mère, qui s'appelle Jenny, lui a appris qu'il faut savoir tout supporter. Même l'amour.

Un soir, alors que Mina vient de s'endormir, un crocodile lui mord les fesses.

C'est la première fois que cela lui arrive et elle se réveille en sursaut. Tout d'abord, elle ne sait pas si elle a très mal ou juste un peu. Peut-être ferait-elle mieux de hurler pour alerter ses parents ? Elle n'arrive pas à se décider. Mais en repensant à cet horrible crocodile vert qui vient de lui mordre les fesses, elle prend sa décision : l'événement mérite bien des cris et des larmes.

Son père, qui s'appelle Anders, accourt. Il n'est pas content. On dirait qu'il a reçu un plat de spaghetti sur la tête. « Qu'est-ce qu'il t'arrive ? J'ai besoin de dormir, moi. »

Mina continue de pleurer et de gémir comme si elle était mourante ou comme si elle avait attrapé une affreuse maladie que son père doit guérir immédiatement, par exemple en lui apportant une glace ou une saucisse avec du ketchup. Au bout d'un moment, épuisée à force de gémir, Mina se met à sangloter avec le désespoir d'un enfant perdu dans la forêt. Son père s'assied tranquillement sur son lit et la regarde en attendant qu'elle se calme.

Mina préfère quand ses parents s'affolent, parce qu'ils descendent alors lui chercher une glace dans le congélateur. Quand elle avait quatre ans, elle s'est cassé une jambe en tombant. C'est du moins ce qu'elle croyait. Elle a pleuré avec une telle conviction que sa mère a décidé d'appeler les urgences. Rien qu'à l'idée de monter dans une ambulance, Mina a séché ses larmes et a annoncé qu'elle voulait voyager sur le siège avant, à côté de l'ambulancier. Les yeux de sa mère se sont alors assombris et elle a dit qu'elle aurait pu jurer que ce n'était pas grave et que c'était une chance qu'elle n'ait pas eu le temps de téléphoner. Vexée, Mina a répliqué que si sa mère avait juré, il fallait qu'elle se lave la bouche avec du savon. Peut-être même la gorge.

Un peu plus tard, lorsque sa mère lui a demandé des nouvelles de sa jambe, Mina avait déjà oublié de laquelle il s'agissait. Sa mère a finalement éclaté de rire et est allée lui chercher une glace.

Il en faut des astuces pour arriver à ses fins.

En revanche, l'histoire du crocodile est vraie. Mina se souvient très bien d'être descendue au bord du terrible fleuve Congo, là où les cannibales prennent des bains de soleil et où ils s'endorment après avoir rongé les os de leurs camarades. Personne ne fait de chichis ni ne trouve bizarre qu'ils se dévorent entre eux. Ils sont tous très gentils et se contentent de manger des jambes. Ils ne crient jamais, ne jurent pas et n'ont pas besoin de se laver la bouche avec du savon. Les jambes qu'ils ont préférées étaient celles d'un gros bonhomme très aimable qui s'était assaisonné de ketchup pour faire plaisir aux enfants des cannibales. Ils n'avaient eu besoin d'ajouter ni moutarde ni pain.

Mina se souvient d'être descendue dans l'eau du fleuve Congo pour se baigner parce que ça ne lui disait rien de manger des jambes avec du ketchup. C'est à ce moment-là que le crocodile est arrivé.

Il était tout vert. Mina l'a reconnu parce que son père avait le même sur son polo. Mais celui-ci était plus gros et il bougeait. Mina lui a dit, assez sévèrement d'ailleurs :

– Toi, tu t'es sauvé du polo de mon père ! En voilà des manières ! Allez, retournes-y tout de suite, sinon mon père ne va pas être content !

Mais le crocodile a bêtement continué de nager en lançant des regards dépités à Mina et en lui disant qu'il ne comprenait rien à ce qu'elle racontait. Il lui a expliqué qu'il était très dangereux, qu'il nagerait dans le fleuve Congo tant qu'il en aurait envie et qu'elle ferait mieux de se méfier de lui.

– Méfie-toi toi-même ! a répliqué Mina, et reprends immédiatement ta place sur le polo de mon père !

– Occupe-toi de ce qui te regarde, a rétorqué le crocodile sur un ton acerbe, puis il a bondi hors de l'eau et il a planté ses dents dans son derrière.

C'est comme ça que ça s'est passé.

Mina est donc réveillée à cause d'une douleur intense. Après un petit moment de réflexion, elle décide de hurler. On dirait un cochon qu'on égorge. Il faut bien que j'appelle au secours ! se dit-elle. Ça ne sert à rien de souffrir en silence.

Son père arrive, les traits tirés par le manque de sommeil.

– J'ai été mordue par un crocodile, explique Mina.

– Où ça ?

– Aux fesses ! sanglote-t-elle.

Et en effet, il y a une marque énorme, grosse comme une pièce de dix centimes.

– C'est une piqûre de moustique, constate son père en se passant la main sur son visage fatigué. Une minuscule piqûre de moustique, ce n'est pas bien grave. Dors maintenant, ma petite Mina.

– C'est un crocodile ! hurle-t-elle encore plus fort. Je l'ai vu. Il était vert. Un moustique n'est pas vert et gros comme un crocodile !!!

– Il faut que tu dormes maintenant. Essaie de comprendre, j'ai besoin de me reposer, c'est dimanche. Sois gentille, ajoute papa.

Il se lève et se dirige vers la porte.

– Il m'a mordue, c'est vrai !

– Tu as rêvé. Ce n'est rien. Dors.

– Je sais quand je rêve et quand je suis réveillée ! crie Mina. Et là, je n'ai pas rêvé !

– C'est seulement ton imagination qui te joue des tours. Méfie-toi, tu pourrais devenir comme ton grand-père !

– Je veux devenir comme Grand-père, répond Mina vexée. Lui, il m'aurait défendue contre le crocodile.

– Sans aucun doute, dit son père avec l'accent danois, car il est danois. Tu risques de réveiller Moa !

Il retourne dans sa chambre, se recouche et se rendort aussitôt.

Moa s'assied dans son lit et regarde Mina.

– CROCODILE ! dit Moa qui n'a plus du tout sommeil. Moa veut aussi un crocodile qui mord !

Qu'est-ce qu'elle peut être agaçante, cette sœur !

– Occupe-toi de ce qui te regarde, dit Mina. Tu veux toujours tout.

Mina sait qu'elle n'a pas rêvé. Papa est fatigué. Maman dort. Moa veut jouer, mais Mina n'en a aucune envie.

La situation est assez désespérée. Personne ne la prend au sérieux. Ça serait bien d'avoir un Protecteur qui puisse la sauver quand elle est en détresse, pense-t-elle. « Nous avons tous besoin d'un Bienfaiteur », comme dit Grand-père, « d'une personne toujours prête à intervenir », par exemple quand les adultes disent « essaie de comprendre » ou quand ils veulent dormir. Ou regarder le golf à la télé.

Bref, Mina a besoin d'un bon conseiller, mais « les conseillers ne sont pas les payeurs », dit Vega, son arrière-grand-mère, et Mina n'a pas d'argent pour payer.

Il faut qu'elle aille voir Grand-père. Il n'y a rien d'autre à faire. Lui seul est capable de comprendre l'extrême gravité de la situation.

C'est donc ainsi que tout commence.

L'horrible nuit avec le crocodile est suivie d'un autre événement qui est lui-même suivi de leur périlleuse expédition dans la Montagne aux trois grottes… et puis il y a aussi l'histoire du louveteau…

Chapitre 2
GRAND-PÈRE INTERVIENT

Grand-père aura certainement une solution à lui proposer. Etant moins occupé que les autres adultes, il a largement le temps d'avoir des idées. Mais avant de l'appeler, Mina doit bien réfléchir à ce qui s'est réellement passé puisque ce n'est pas très facile à comprendre ni à expliquer.

Le crocodile s'est donc sauvé du polo de papa. Il lui a mordu les fesses et elle a eu un peu peur. Elle se souvient très distinctement qu'il était beaucoup plus gros que celui cousu sur le polo de papa. De toute évidence, les crocodiles grandissent la nuit pour, le matin, rétrécir. Cette sale bête se promène donc librement quand tout le monde dort. Ça serait peut-être plus sûr de réveiller papa Anders une nouvelle fois pour essayer de lui ré-expliquer la situation ? Mais persuadée que c'est peine perdue et qu'il va lui en vouloir, Mina se dirige vers la cuisine pour vérifier s'il y a des saucisses dans le frigo. Oui, il y en a.

C'est dimanche matin. Le crocodile a-t-il repris sa place sur le polo de papa ? Un œil rapide sur le vêtement suffit à Mina pour constater que ce n'est pas le cas. La place est vide.

Il s'est donc bien échappé et elle a encore une marque sur les fesses. Ça ne lui fait plus très mal mais on voit les traces de ses dents. Elle peut le vérifier dans la grande glace. Ce n'est donc pas un rêve. Elle en a la preuve.

Moa est descendue dans la cuisine la rejoindre.

– Ina, ze veux un not-dog, moi aussi ! dit-elle.

– Arrête de parler comme un bébé ! riposte Mina sur un ton sévère. D'ailleurs, il est beaucoup trop tôt pour manger ce genre de choses.

Câline, leur chatte, s'est installée sur le rebord de la fenêtre. C'est leur mère qui a choisi ce nom, espérant qu'elle serait douce et gentille. En réalité, elle est tout le contraire. Si elle n'a pas ses repas à l'heure, elle se met en colère. Si on ne lui donne pas de pâté de foie, elle menace d'attraper des oisillons dans le jardin. Pour l'en empêcher, Mina la gave de pâté de foie et la chatte s'adoucit pendant un bref instant.

Mina discute souvent avec Câline, même si celle-ci n'accepte de lui répondre que lorsqu'elles sont seules.

Câline, elle, ne dit jamais « essaie de comprendre ».

– Ecoute Câline, cette nuit, j'ai été poursuivie et mordue par un crocodile, raconte Mina.

– Qu'est-ce que tu veux que j'y fasse, répond Câline sur un ton bougon.

– J'ai peur qu'elle revienne, tu comprends.

– Pourquoi tu dis « elle » ? Tu crois que c'était une crocodile ? s'étonne Câline.

– Elle était grincheuse et d'après papa, les garçons crocodiles ne le sont jamais.

– Il n'en sait rien, affirme Câline. Tiens, si tu avais un peu de pâté de foie à me proposer, je ne dirais pas non.

– Tu as grossi. Tu ne devrais pas en manger autant.

Vexée, Câline va dans la cuisine à la recherche de quelque chose à se mettre sous la dent.

Mina n'a personne d'autre à qui parler. Elle peut toujours téléphoner à sa cousine Ia qui habite à Bälinge. Elle connaît son numéro par cœur et il lui arrive assez souvent de l'appeler. Après avoir de nouveau essayé de joindre son grand-père, (qui est certainement sorti promener son chien Mischa), elle compose le numéro d'Ia. Malheureusement ce n'est pas elle qui décroche mais son père Mats.

– Tu as vu l'heure, Mina !? dit-il d'une voix désagréable. Il est à peine huit heures et je suis terriblement – TERRIBLEMENT – fatigué. J'ai vraiment besoin de dormir. Pourquoi appelles-tu si tôt ?

– Pourquoi es-tu si fatigué ? demande Mina. Moi je ne suis pas fatiguée du tout, et pourtant, cette nuit, j'ai été mordue par un crocodile.

– S'il te plaît, Mina, sois gentille. Essaie de comprendre. Je suis épuisé, j'ai beaucoup travaillé. Sois gentille. C'est dimanche. Tu ne pourrais pas...

– Mais toi, tu n'as pas été mordu par un crocodile !!!

– Sois gentille. Essaie de comprendre. Je me suis fait une élongation au mollet et tout à l'heure, je dois aller jouer au golf. Essaie de comprendre. J'ai BESOIN de dormir...

– J'ai peur que le crocodile revienne ! insiste Mina.

– Tu en parleras plus tard avec Ia, mais pas maintenant. S'il te plaît. Je suis TERRIBLEMENT fatigué. Sois gentille. Et désormais, évite d'appeler si tôt.

– Je dois appeler à quelle heure ?

– Tard, répond oncle Mats et il raccroche.

Mina réfléchit. La situation lui paraît vraiment critique. Ses parents dorment, Moa joue à des jeux sur l'ordinateur. Malgré ses quatre ans, elle se débrouille très bien. Câline a réussi à ouvrir la porte du garde-manger mais tant qu'elle n'est pas capable d'ouvrir le frigo, Mina ne se donne pas la peine d'aller voir ce qu'elle fait. A qui peut-elle s'adresser ?

Elle a besoin d'aide de toute urgence.

Elle attend une heure avant de rappeler Grand-père. C'est généralement le temps que dure sa promenade matinale avec Mischa. Et effectivement, Grand-père décroche.

Le grand-père de Mina est un homme élégant aux cheveux blancs. Il est très grand, toujours gentil et pas très occupé puisqu'il passe son temps à écrire des livres. Il n'a pas de vrai métier. Il écoute toujours patiemment ce que Mina a sur le cœur et est d'excellent conseil même si les autres adultes ne sont pas de son avis. Il connaît plein de blagues pipi-caca et adore les raconter quand ils sont à table. C'est très drôle. Mais Jenny, la mère de Mina, se fâche presque à chaque fois et l'enferme aux toilettes prétendant qu'il est un mauvais exemple pour les enfants. Pendant la punition de Grand-père qui dure généralement environ une heure, les enfants n'ont pas le droit d'aller le voir. Mina a cependant trouvé un moyen de braver l'interdiction : elle s'approche tout doucement de la porte des toilettes et lui chuchote des mots gentils par la serrure pour le consoler. La compassion de Mina fait vite son effet et Grand-père arrête de pleurer. Mina utilise des mots comme « tristesse » et « peine » et il répond en lui racontant une petite blague. Un jour, maman les a surpris. Elle est alors entrée dans une colère noire, a brutalement éloigné Mina de la porte et a interdit à Grand-père de sortir des toilettes de toute la nuit. Mina s'en souvient encore.

Bien qu'il n'ait pas de vrai travail, Grand-père est le plus malin et le plus perspicace de toute la famille. Malheureusement, Mina est la seule à s'en rendre compte. Peut-être aussi Moa, mais elle est encore trop petite pour en avoir vraiment conscience. Tout comme elle est trop petite pour comprendre le langage de Câline.

Le chien de Grand-père s'appelle Mischa.

C'est en fait une chienne. Elle est intelligente, belle et ressemble à un loup. Les enfants l'adorent mais ce n'est pas le cas de tout le monde. Grand-père est le seul à la promener. Parfois, il lui donne à manger sous la table pendant les repas, bien que ce soit interdit.

Mischa est originaire de Russie, née quelque part dans la toundra sibérienne. Son père et sa mère étaient chiens de traîneau. Mischa a dix-sept ans, ce qui équivaut à cent dix-neuf ans pour un humain. Elle est donc encore plus vieille que Grand-père qui dit qu'elle est forte comme un loup et sage comme un éléphant. Elle habite à Waxholm avec Grand-père et Gunilla.

Quand Grand-père est enfermé aux toilettes parce qu'il a dit des bêtises, Mina aime bien se coucher par terre, serrée contre Mischa et lui chuchoter à l'oreille que tout le monde est méchant, sauf Grand-père et elle.

Grand-père est marié avec Gunilla qui est plutôt sympa et qui n'enferme jamais son mari aux toilettes. Elle est l'épouse de Grand-père sans pour autant être la grand-mère de Mina. « La vie est tout de même bizarre ! » comme le dit si bien Gunilla.

Grand-père a confié à Mina qu'il s'est marié avec Gunilla parce qu'elle a de belles petites pommes. Après avoir bien observé le pommier dans leur jardin, Mina ne voit pas ce que ces pommes ont de particulier ni pourquoi elles sont à l'origine de leur mariage. Elle l'a dit à Gunilla, qui n'avait pas l'air de comprendre, elle non plus, mais qui lui a expliqué que Grand-père était un poète et qu'il aimait beaucoup la nature, notamment les pommes.

Gunilla est féministe. C'est Grand-père qui le dit et ça signifie que c'est à lui de faire le ménage et qu'il ne doit jamais demander s'il peut « aider » Gunilla, parce que ça va de soi. Il ne devrait même pas lui poser la question.

Il y a pourtant certaines choses que Gunilla ne comprend pas. Elle ne voit absolument pas, par exemple, pourquoi Grand-père veut acheter un deuxième chien, un tout petit, pour tenir compagnie à Mischa. D'après Gunilla, cela rendrait les choses encore plus compliquées.

Mais revenons au matin où Mina téléphone à Grand-père pour lui raconter l'histoire du crocodile.

– C'est insensé ! dit-il à l'autre bout du fil. Tes parents sont en dessous de tout ! Qu'ont-ils fait ?

– Rien. Absolument rien. Et même oncle Mats voulait que je le laisse dormir.

– Qu'est-ce qu'il t'a dit ?

– Il a dit : « Essaie de comprendre ». Et qu'il ne fallait plus le réveiller.

– C'est insensé, a répété Grand-père. Il faut que tu trouves quelqu'un pour te protéger.

– Qui ? Toi, tu ne peux pas t'en charger puisqu'à chaque fois ils t'enferment aux toilettes. Et eux, ils ont besoin de dormir et disent tout le temps « essaie de comprendre ». Tu m'as déjà expliqué qu'il fallait un Protecteur quand on se trouve dans une situation difficile. Mais qui ?

Grand-père réfléchit un bon moment.

– La police, finit-il par dire.

– Il n'y a plus de policiers de nos jours. Toi au moins tu as de la chance, tu as Mischa pour te protéger. Moi, je n'ai que Câline qui me fait tout le temps la tête et qui refuse de m'aider.

– Je sais ! Il te faut un chien ! Au cas où tu te ferais encore attaquer par des crocodiles, il te faut absolument un chien protecteur. Un petit chien d'une taille convenable.

Mina sait que Grand-père a eu de gros problèmes pour garder Mischa. Bien qu'elle ait cent dix-neuf ans et qu'elle soit plus vieille que lui, elle est encore aujourd'hui mal acceptée par la famille.

– Un chien, poursuit Grand-père, qui sera ton Protecteur et qui t'accompagnera partout. Puisque moi je ne peux pas le faire. Imagine que le crocodile arrive au moment où je suis enfermé aux toilettes ! Mon Dieu, comment ferais-je pour te secourir ?

– Ça me donne des frissons, admet Mina. Tu as raison. Il faut que tu me trouves un Protecteur. J'ai un drôle de pressentiment.

– Ah bon ?

– Je sens que quelque chose de terrible va arriver.

– Si seulement… commence Grand-père. Si…

Grand-père reste silencieux pendant un long moment.

– Ecoute-moi, dit-il. Tu sais que demain, je pars avec Gunilla, Mischa, Ia et Marcus dans notre maison du Värmland pendant deux semaines. Si vous veniez avec nous, toi et ta sœur ? On aurait le temps de trouver des solutions. Peut-être même de t'acheter un chien qui te protègerait contre les crocodiles. Mais surtout, on pourrait mettre au point un vrai plan pour t'aider.

Mina ferme les yeux et réfléchit à la proposition de Grand-père. Aller dans le Värmland avec ses cousins ! Avec Mischa dans le coffre de la voiture. Grand-père lui achèterait peut-être un petit chien… Elle en aurait alors deux pour se protéger : Mischa et un nouveau petit chien que Grand-père lui offrirait sans que ses parents soient au courant. Ce serait fantastique !

– Un plan ? demande Mina.

– Deux, en réalité. Pour commencer, nous irions

chercher ton chien protecteur dans un chenil à Västerås. Un Schnauzer moyen, de trois mois maximum.

– Et ensuite ?

Grand-père ne répond pas. Il est visiblement en pleine réflexion.

– Tu es sûr d'en avoir un deuxième ? chuchote Mina qui vient de se rendre compte que ses parents sont dans la cuisine. Parle tout bas Grand-père, ils ne doivent pas t'entendre !

– Oui, j'en ai un deuxième. Mais d'abord promets-moi d'être discrète. Personne ne doit être au courant de mon projet de t'acheter un chien protecteur. Ni ta mère, ni ton père, ni oncle Mats et même pas... si..., peut-être devrions-nous en parler avec Gunilla.

– D'accord. Et ton deuxième plan, c'est quoi ? insiste Mina. Allez, dis-le, Grand-père. J'espère que ce n'est pas ton côté poète qui t'empêche de parler.

– Aucunement.

– Alors, dis-le !

Grand-père inspire profondément.

– Premièrement : nous devons nous procurer

un chien pour te protéger. Une chienne. Elle s'appellera Elsa. Mais c'est un plan à long terme. C'est le point numéro deux qui est le plus important. Le numéro deux, donc : lorsque nous serons arrivés dans notre maison de vacances, il faudra mettre sur pied une expédition. Quand la peur s'empare de vous, il faut toujours faire quelque chose d'impressionnant. Tu verras qu'à côté, une attaque de crocodiles te paraîtra bien ridicule. Nous allons donc entreprendre une expédition. Pour y arriver, il faudra se serrer les coudes. Tous. Ensemble, nous allons vaincre de grands dangers. *Comprendo* ?

Parfois, Grand-père utilise des mots bizarres. Il suffit de faire semblant de comprendre pour qu'il soit content et qu'il continue.

– Je connais déjà la nature de notre expédition, poursuit-il. Nous allons gravir la Montagne aux trois grottes. Celui qui réussira à monter jusqu'en haut n'aura plus jamais peur. De rien.

– C'est dangereux ? s'inquiète Mina.

– Pas si l'équipe reste solidaire. Après une expédition de ce genre, plus rien ne pourra vous effrayer. Plus rien, tu entends ?

– Même pas un crocodile ?

– Surtout pas un crocodile.

– Nous allons expédier sans papa et maman ?

– Il n'y aura que toi, moi, Ia, Marcus et Moa. Personne d'autre.

– Et Gunilla ?

– Gunilla viendra avec nous, bien sûr. Comme elle est féministe, mes blagues ne lui font ni chaud ni froid. Mais elle nous accompagnera seulement jusqu'au camp de base qui n'est pas loin de la maison.

– Et Mischa ?

– Oui, Mischa aussi. Nous avons besoin d'une équipe forte. Il nous faut des chiens rapides et courageux et des enfants intelligents et résistants.

– Tu parles de nous ?

– Oui, de vous. Nous allons faire cette expédition ensemble.

Le cœur de Mina bat la chamade.

– C'est géant, Grand-père. Bravo !

Il y a cependant une chose que Grand-père ne lui a pas dite : depuis longtemps déjà, il rêve de grimper jusqu'au sommet de cette montagne qu'on appelle la Montagne aux trois grottes et qui se situe à l'est de leur maison dans le Värmland. Mais il est impossible d'y parvenir seul.

Mischa, la petite chienne noire et blanche de la Sibérie orientale, de la même race que Laïka[1], sait une chose que les autres ignorent : au plus profond de la forêt, du côté de la Montagne aux trois grottes, est caché un secret, ou un danger…

Mischa le connaît. Peut-être veut-elle les mettre en garde.

1. Premier être vivant envoyé dans l'espace.

Chapitre 3
L'ORGANISATION D'UN CAMP DE BASE

La maison dans le Värmland est située au bord d'un lac. Elle est vieille, spacieuse et entourée de champs qui descendent jusqu'à l'eau.

Tous les ans, on y plante des pommes de terre. L'automne, Mina aime bien participer au ramassage. Quand on a trop mal au dos, on fait une pause et on mange du gâteau à la framboise. Gunilla, qui est près du sol parce qu'elle a des jambes assez courtes, est la meilleure ramasseuse. Un jour, elle a vu un serpent sur le chemin, elle a poussé un cri terrible et depuis ce moment-là, Mina et Moa sont obligées de porter des bottes pour aller travailler. Grand-père leur a expliqué que les crochets des serpents ne sont pas assez longs pour percer le caoutchouc.

Le Värmland se trouve tout près d'un pays appelé la Norvège où, dans le temps, il y avait des Allemands. A cette époque-là, les Allemands étaient méchants, si bien que l'armée suédoise avait construit une sorte de tranchée-abri sur le terrain de la maison de Grand-père pour protéger les gentils soldats suédois qui étaient chargés de monter la défense. « Monter la défense » signifie faire peur aux forces attaquantes et leur tirer dessus. Il leur suffisait d'être assez persuasifs pour que les Allemands leur fichent la paix. Mais ça, c'était il y a longtemps. De nos jours, les Allemands sont gentils. « Ils font même le ménage sans qu'on le leur demande, comme de vrais féministes », dit Grand-père.

Grand-père a écrit un livre qui s'est bien vendu chez les Allemands. On peut dire que c'est un peu grâce à eux s'il a maintenant assez d'argent pour acheter le chien de Mina.

La tranchée-abri est un trou creusé dans le sol, au-dessus du champ de pommes de terre, et il est entouré d'une rambarde contre laquelle les soldats pouvaient s'appuyer quand ils se défendaient. Entre l'abri et le lac, il y a un tas de blocs de pierre dont le rôle était d'empêcher les chars d'assaut de passer. Les Allemands restaient ainsi coincés avec leurs chars comme des imbéciles et étaient obligés de demander de l'aide aux gentils Suédois. Mais personne ne bougeait !

Les choses ont changé depuis. C'était comme ça avant. A présent, les bouleaux et les pins ont envahi l'abri militaire et les Allemands sont devenus gentils. Ils lisent des livres et font le ménage.

Voilà comment Grand-père et Gunilla ont expliqué le passé aux enfants.

C'est donc dans cette maison que Grand-père, Gunilla, Mina, Moa, Ia et Marcus sont partis, avec Mischa et le chiot dans le coffre de la voiture. Et c'est dans la nature sauvage du Värmland avec ses loups et ses ours qu'ils vont vivre une terrible aventure en gravissant la Montagne aux trois grottes.

Personne ne sait comment Grand-père s'y est pris pour obtenir l'accord des parents d'emmener tous les enfants dans sa maison de vacances. Ce qui est certain, c'est qu'il n'a rien dit au sujet de la dangereuse expédition dont le but est de souder l'équipe et de faire oublier la peur aux participants.

Toujours est-il que, deux jours après la nuit épouvantable où le crocodile a mordu les fesses de Mina, tout le monde est en route pour le Värmland. Grand-père et Gunilla à l'avant de la grande voiture, Mina, Moa, Marcus et Ia alignés sur le siège arrière.

Ils commencent par aller chercher le chien à Västerås. Mina doit faire son choix parmi cinq petites bêtes adorables. C'est très difficile. Elle se décide seulement lorsqu'un des chiots, une petite chienne avec une tête comme une brosse, s'approche d'elle et la regarde de ses yeux suppliants. Puis elle se met à lécher Mina avec sa petite langue rose.

Ils l'appellent Elsa, comme une tante que Grand-père aimait beaucoup et qui a vécu jusqu'à 92 ans.

Elsa a une moustache et une touffe de poils qui lui tombe sur le front. Ses yeux sont marron et très beaux. Dès qu'elle monte dans la voiture, elle se blottit contre Mischa, qui déborde de bonheur. Elsa est toute trempée à force d'être léchée par sa mère d'adoption. De temps en temps, elle se met debout pour faire pipi sous les applaudissements des enfants. Gunilla, très mécontente, fait remarquer que l'odeur devient insupportable. Grand-père la rassure en lui disant qu'elle saura ce que mauvaise odeur veut dire quand Elsa fera caca.

Ce qui ne tarde pas à arriver. Les enfants sont solidaires avec Elsa et affirment que ça sent la moutarde.

A un endroit appelé Våtsjön, ils s'arrêtent pour déjeuner. Grand-père glisse la petite Elsa sous sa veste et l'emmène au restaurant qui est interdit aux chiens et à la fumée. Il lui commande un steak haché avec une pomme de terre écrasée. En apportant le plat, la serveuse s'étonne :

– Vous avez commandé pour sept personnes alors que vous n'êtes que six !

Grand-père lui explique que Gunilla est enceinte et qu'elle peut accoucher d'un moment à l'autre. Ni Gunilla, ni la serveuse ne trouvent sa blague très drôle. A peine la serveuse est-elle partie que Grand-père pose Elsa sur la table. Elle se jette immédiatement sur son steak.

Les quatre enfants suivent son exemple et ne laissent pas la moindre miette dans leurs assiettes pour montrer qu'ils sont bien élevés.

Le repas terminé, Elsa rote. Les enfants font de nouveau comme elle. Surtout Marcus.

Marcus a cinq ans. Ses cheveux sont blonds, ses yeux bleus et sa voix un peu rauque. Selon

Grand-père, il est poète comme lui, mais pour l'instant, Marcus s'intéresse plus au hockey qu'à la poésie. Il a juste un an de plus que Moa, la plus jeune des quatre. Ia et Mina le trouvent très mignon si bien qu'elles n'arrêtent pas de l'embêter. « Qui aime bien châtie bien », dit Gunilla à chaque fois qu'elle tire Marcus d'une mauvaise passe.

C'est le seul garçon parmi les cousins et il est le petit frère de Ia qui a pris pour tâche de l'éduquer. Aussi ne rate-t-elle pas une occasion de lui faire remarquer quand il a tort ou quand il a raison. Surtout quand il a tort. Marcus supporte mal ses leçons de morale. Il lui arrive même de devenir fou de colère et de frapper sa sœur qui se venge aussitôt.

Arrivés à la maison, ils organisent immédiatement un baptême. Ils versent de l'eau sur le chiot en prononçant une formule magique : « Elsa Gilbertsson, je te baptise au nom du Père, du Fils et du Saint Esprit. Que le bonheur et la réussite t'accompagnent sur les sept mers. » Puis, ils boivent du sirop de framboise à sa santé et la sèchent avec une serviette.

Le soir, les enfants veulent dormir ensemble et refusent de se séparer de Mischa et d'Elsa. Au moment de se coucher, Elsa a un coup de blues parce que sa maman lui manque. Ses beaux yeux marron se remplissent de larmes qui coulent le long de son museau. Sa moustache est toute mouillée. Mina la prend dans ses bras, remonte la couverture et caresse la petite chienne jusqu'à ce qu'elle se calme et cesse de pleurer. Marcus, qui est couché juste à côté, en profite pour enfoncer son nez dans la fourrure soyeuse d'Elsa. Les quatre enfants et les deux chiens passent ainsi leur première nuit ensemble.

Le matin, Mina apprend à Grand-père qu'elle n'a pas fait de cauchemar et que le crocodile ne lui a pas mordu les fesses. Une vague inquiétude la taraude cependant.

Mais elle n'en parle à personne. Sauf à Mischa. Les mots qu'elle lui chuchote à l'oreille ne peuvent être confiés qu'à une chienne fidèle de Sibérie orientale :

– J'ai un peu peur de l'expédition.

Le lendemain, Grand-père, les quatre enfants et les deux chiens se préparent pour entreprendre la première partie de l'escalade de la Montagne aux trois grottes.

C'est ainsi qu'on appelle la montagne qui s'élève à plus de mille mètres à l'est de leur maison à Helgeboda. La mission du premier jour est de marcher jusqu'à la première grotte. Elle est facile à repérer grâce à trois petits bouleaux qui poussent devant son entrée.

Grand-père s'est équipé d'un sac à dos car ils vont installer leur camp de base dans cette première grotte. Les enfants ne sachant pas ce qu'est un camp de base, Grand-père leur explique, avant le départ, qu'une escalade périlleuse, comme celle de la Montagne aux trois grottes, ne peut pas se faire d'un seul trait. Ce serait trop fatigant, ils auraient trop faim et Elsa risquerait d'avoir trop mal aux pattes. Il faut donc faire des pauses et se trouver un endroit où ils puissent se reposer et se ravitailler. Et cet endroit sera la première grotte.

C'est pourquoi ils doivent commencer par monter la nourriture et les choses dont ils auront besoin dans cette grotte qui deviendra leur camp de base. Demain, ils redescendront à la maison.

Et c'est seulement après-demain que commencera l'expédition. Ils pourront alors grimper plus haut après s'être restaurés et reposés dans leur camp de base. Grand-père appelle ça la technique des alpinistes.

– Cool, s'exclame Marcus. J'ai vu à la télé comment ils faisaient pour escalader Himlamaya.

– L'Himalaya, le corrige Ia.

– Je sais qu'ils sont montés en haut de quelqu'un qui s'appelait Himlamaya, grommelle Marcus.

– Tu es trop petit, dit Ia. Tu ne comprends rien. On ne peut pas comprendre quand on n'a que cinq ans.

– Mais j'ai vu ça à la télé quand j'avais deux ans, et là, on comprend ! soutient Marcus.

Comme d'habitude, Ia et Marcus commencent à se battre.

– Si on veut participer à une expédition longue et difficile, il ne faut pas se disputer, fait remarquer Grand-père. Il faut, au contraire, se serrer les coudes ! Arrêtez immédiatement !

– Himlamaya, répète Marcus. Himlamaya, Himlamaya, Himlamaya !

Vers dix heures, le calme est revenu. Grand-père

a chargé son sac de ce dont ils auront besoin et ils se mettent en route pour la première grotte.

Grand-père porte un sac sur son dos et un autre sur son ventre. Le deuxième est pour Elsa. C'est, en fait, un porte-bébé qui appartient au plus jeune des petits-enfants de Gunilla qui s'appelle Trognon et qui est resté à Stockholm parce qu'il n'a que huit mois. Elsa aurait peut-être la force de marcher jusqu'à la grotte, mais comme elle n'arrête pas de courir dans tous les sens, elle leur complique trop la vie et Grand-père préfère l'avoir sous les yeux.

Au début, Elsa gigote pas mal dans son porte-bébé mais, une fois habituée, elle semble ravie et regarde autour d'elle en couinant joyeusement.

– Soyez vigilants, les enfants, recommande Grand-père. Il y a des loups ici, des ours aussi, alors ouvrez bien vos yeux !

– C'est comment, un ours ? demande Marcus. C'est gros ?

– Tu le sauras quand tu en verras un, dit Ia. Maintenant, tais-toi. Tu fais peur aux oiseaux.

– Oui, mais ça ressemble à quoi ?

– C'est grand comme un éléphant mais beaucoup plus petit. Maintenant, tais-toi, Marcus ! répète Grand-père.

C'est Marcus qui ferme la marche. Plongé dans ses pensées, il s'écrie soudain :

– Tiens, voilà un ours.

Ils s'arrêtent tous en lançant des regards inquiets autour d'eux. Le sentier monte en pente douce, la vallée s'étend à leurs pieds. Moa se réfugie auprès de Grand-père et met ses bras autour de ses jambes. Elle a peur.

– Où ? demande Ia.

– Là-bas, dit Marcus.

Tout le monde suit son regard mais sans rien voir d'autre qu'une grosse pierre.

– Imbécile ! lance Ia. Ce n'est qu'une pierre. Et elle est grise alors que les ours sont bruns. D'ailleurs, les ours bougent alors que les pierres restent immobiles.

Marcus observe longuement la pierre, avant de répliquer :

– En tout cas moi, je vois un ours.

– Marcus !!! Tu ne vois donc pas que c'est une pierre ? Arrête !

– Je vois un ours.

– Je savais bien que tu étais un poète, Marcus, dit Grand-père en soupirant. Allez, on continue.

Ils poursuivent leur marche vers la première grotte. D'abord Grand-père avec Elsa sur le ventre, puis Mina avec Mischa en laisse, ensuite Ia qui tient la main de Moa et finalement Marcus.

La journée est belle. Personne ne se doute encore de ce qui va leur arriver.

Au pied de la montagne, dissimulée derrière trois petits bouleaux, se trouve la grotte. L'ouverture est facile à repérer et Grand-père s'y engouffre. C'est une cavité de quatre mètres de profondeur et de deux mètres de hauteur. D'un côté, il y a une petite avancée sur laquelle on peut s'asseoir. Un filet d'eau ruisselle le long de la paroi.

– Ça c'est précieux, explique Grand-père, si jamais des circonstances défavorables nous obligent à y passer plusieurs jours.

– C'est quoi « des circonstances défavorables » ? demande Moa.

– C'est par exemple un danger qui nous forcerait

à nous réfugier dans la grotte. Bon, maintenant il va falloir décharger nos affaires et installer notre camp de base.

Grand-père commence à vider son sac à dos.

Tout au fond de la grotte, il aligne les denrées : quatre bouteilles de Coca, deux de Pepsi, deux de Fanta orange et deux de Fanta myrtille. Ensuite, quatre briques de lait chocolaté, trois de crème fraîche (pour accompagner les fraises) et deux grands pots de yaourt. Six petites plaques de chocolat à la noisette, deux sachets de Daim, un carton de sucettes (quinze vertes et quinze rouges), deux paquets de saucisses et un pot de moutarde. Deux barquettes de framboises et deux de fraises, un sachet de sucre en poudre, six assiettes en plastique, dix cuillères en plastique, dix gobelets, dix couteaux et dix fourchettes, un sac de granulés pour Mischa plus une gamelle, deux boîtes de Whiskas au poulet plus une autre gamelle (pour Elsa qui n'est pas encore habituée aux granulés). Des sacs en plastique (pour ramasser les crottes au cas où Elsa aurait un accident à l'intérieur de la grotte), des gâteaux secs, douze barres chocolatées, une boîte de biscottes, 500 g de beurre. Et pour finir, un sachet de bonbons (600 g) et quatre bandes dessinées.

– Les enfants, voici le stock de vivres de notre camp de base, déclare Grand-père. Voyez-vous quelque chose qui manque ?

Les enfants réfléchissent longuement.

– De la glace, dit finalement Marcus, avec de la sauce au chocolat.

– Ce que tu peux être bête ! s'exclame Ia. Tu ne comprends donc pas que la glace fond quand il fait chaud ? On ne peut pas stocker de la glace dans un camp de base ! Réfléchis un peu, Marcus !

– En tout cas, moi je trouve que la glace manque, insiste Marcus.

– MARCUS !!! s'énerve Ia.

– Marcus a raison, constate Grand-père tranquillement. Il nous faudrait de la glace. Mais Ia a raison, elle aussi. On ne peut pas en stocker dans un camp de base. La troisième grotte est située très haut, là où les arbres ne poussent plus. Il y fait suffisamment froid et on pourrait y conserver de la glace.

– Il nous faut aussi de la sauce au chocolat, ajoute Marcus.

– Exactement, consent Grand-père.

– Ia, tu vois bien que j'avais encore raison, commente Marcus.

Ils sortent tous de la grotte pour s'asseoir en rang d'oignons devant l'entrée : Grand-père, Mina avec Elsa sur les genoux (sa place préférée), Moa, Ia et Marcus. Et tout au bout Mischa qui a donné sa patte à Marcus. Le moment est solennel. Sans se parler, ils regardent la vallée en dessous. Au loin, ils aperçoivent la maison de Grand-père et de Gunilla. La fumée sort en volute de la cheminée.

C'est Marcus qui rompt le silence.

– Je me demande si ce serait possible de monter jusqu'en haut du grand pin à vélo.

Sur un ton condescendant, comme si elle s'adressait à un imbécile, Ia dit :

– Marcus, on ne peut pas monter en haut d'un pin à vélo. C'est impossible.

– Mais, imaginons que ce soit possible, alors…

– C'est impossible !

Marcus, vexé, se tait pendant un bon moment. Les autres continuent de contempler en silence la vallée, la forêt et la fumée.

– Mais si on arrivait à monter tout en haut d'un pin à vélo, alors… reprend Marcus.

– MARCUS !!! T'es trop bête ! T'as quand même cinq ans et tu devrais comprendre que c'est une impossibilité ! Arrête maintenant ! l'interrompt Ia.

– Oui, mais SI, insiste Marcus d'une voix étouffée par des sanglots.

– ARRÊTE ! MARCUS !!!

Au moment où Ia et Marcus vont en venir aux mains, Grand-père intervient.

– Marcus, il ne faut pas que tu pleures. Il ne faut pas non plus que tu te battes. Tu dois argumenter.

– Ça veut dire quoi ?

– Tu dois expliquer la manière dont tu réfléchis et pourquoi tu aimerais bien monter en haut du pin à vélo. Tu dois EXPLIQUER à Ia ce que tu veux dire. Pas pleurnicher. Et surtout pas donner des coups de poing.

– C'est ça argumenter ?

– Oui, c'est ça. Ça permettrait à Ia de comprendre la manière dont tu penses. Explique-lui comment tu imagines monter en haut du pin à vélo.

– Tu sais bien qu'on ne peut pas... recommence Ia.

Grand-père lui demande de se taire pour que Marcus puisse s'expliquer.

– Tu veux que je commence à argumenter maintenant ?

– Oui, vas-y.

Tous les regards se tournent vers Marcus qui se mordille la lèvre tout en réfléchissant.

– Mais, vas-y ! s'impatiente Ia. Explique le fond de ta pensée.

– Oui, vas-y, renchérit doucement Grand-père.

Tout le monde attend l'explication de Marcus, qui visiblement, fait de gros efforts pour se concentrer. Puis il dit :

– Je vois un ours.

– MARCUS ! hurle Ia. Tu devais ARGUMENTER !!! Si tu continues comme ça, je vais devenir dingue !

Sans détourner le regard, Marcus répète :

– Je vois un ours.

– Marcus. S'il te plaît, Marcus !

Marcus se contente de lever la main en pointant du doigt un endroit derrière eux :

– Là-bas.

A contrecœur, ils tournent la tête et ils voient… un ours.

Un vrai ours !

Grand-père avait raison quand il disait qu'un ours c'est grand comme un éléphant mais beaucoup plus petit. Celui-ci est vraiment immense, environ dix fois plus grand que Mischa. Il marche d'un pas lourd et lent et se trouve à seulement dix mètres d'eux. S'ils avaient voulu jeter une pomme de pin sur lui, ils auraient pu, mais personne n'ose faire ça, bien entendu. Ils sont tous paralysés de peur. Soudain, l'ours s'arrête et les regarde, là où ils sont alignés devant leur camp de base rempli de vivres.

Il les observe longuement. Personne n'ouvre la bouche.

Soudain, Mischa lève la tête vers le ciel et se met à hurler, un hurlement comme celui que poussent tous les chiens de traîneau de la toundra sibérienne. Tantôt s'amplifiant, tantôt diminuant : aauuuuuuuuuuuuuu UUUUUUU uuuuuuuuuuuuuuuuu. Ça ressemble à une sorte de chant étrange.

L'ours ne quitte pas Mischa des yeux.

Puis il lève la tête, à son tour, et il se dresse sur ses pattes arrière. Il est encore plus grand que Grand-père qui mesure deux mètres. L'ours répond à Mischa par un grognement grave et prolongé : ôôôôôôÔÔÔÔÔôôôômmm. Mischa se tait.

Un silence absolu s'ensuit.

L'ours reprend sa position à quatre pattes, s'éloigne d'eux et commence lentement à gravir la montagne sous le regard médusé du petit groupe.

– Qu'est-ce qu'il a dit ? demande Marcus.

Grand-père, visiblement préoccupé, ne répond pas. Les enfants, persuadés qu'il comprend la langue des animaux, attendent son explication.

– Il était inquiet, finit-il par dire. Il doit y avoir un problème et il était inquiet.

Grand-père se lève. Il installe Elsa dans le porte-bébé et prend la main de Moa.

– Moi aussi, je suis inquiet, ajoute-t-il. Je crois qu'il y a des chasseurs dans la vallée. Il est absolument interdit de tirer sur les lynx, les loups et les ours, mais il y a des gens méchants qui chassent les animaux protégés pour vendre leur peau. Il y en a en Allemagne, à Håvilsrud, peut-être aussi à Arvika. Je pense que l'ours a voulu nous mettre en garde. Il était inquiet. On ferait mieux de rentrer retrouver Gunilla, car la situation se complique. Il va falloir que nous en discutions entre nous. Il est possible qu'il y ait un danger.

Chapitre 4
LE LOUVETEAU EN DANGER

De tous ses cousins, Mina préfère Ia qui est très douée pour les jeux et qui a de si gentils yeux. Ia s'appelle en réalité Cecilia. Ses parents lui ont donné ce nom en récitant la formule magique habituelle : « Que le bonheur et la réussite t'accompagnent sur les sept mers ». Ia a trois ans de plus que Mina et elle aime bien s'occuper de sa petite cousine.

Le soir, lorsqu'ils quittent la grotte après avoir rencontré l'ours, Ia et Mina se rendent compte que le comportement de Mischa a changé.

Elle n'arrête pas de renifler et de gémir.

Même si Mischa est vieille, elle a un flair incomparable. Elle est capable d'identifier un pet à sept cents mètres, d'après Grand-père. Un jour, Marcus a voulu le vérifier et il est allé jusqu'à la route pour péter. Il a attendu un bon moment mais Mischa n'est jamais venue le retrouver. Il est alors remonté à la maison où la chienne dormait paisiblement et il l'a réveillée.

– Pour qui tu me prends ? a-t-elle grogné. Ton jeu est idiot. S'il te plaît, essaie de comprendre. Je veux dormir.

Marcus avait déjà entendu cette phrase quelque part mais il ne savait plus qui l'avait prononcée. En fait, c'était son père qui lui disait ça quand il ne voulait pas être dérangé le matin. Mina lui a expliqué que tous les adultes étaient pareils et qu'ils disaient tous « essaie de comprendre » avant de se retourner dans leur lit et se remettre à ronfler. Il fallait s'y faire, c'était tout. N'empêche qu'il trouvait triste qu'un beau chien comme Mischa soit comme eux.

Ils quittent donc leur camp de base pour regagner la maison. Un danger les guette, c'est évident. Grand-père paraît inquiet, mais il ne dit rien, Mischa semble aussi préoccupée que lui. Elle s'arrête sans cesse pour flairer le sol.

En arrivant à la maison, ils sont tous bien fatigués. Gunilla, qui les attend devant la porte, râle mais elle est quand même soulagée de les voir. Elle se fait du mauvais sang chaque fois que Grand-père part en expédition. Cette fois-ci, elle a été encore plus inquiète que d'habitude, puisqu'il a emmené les enfants.

– Mes pauvres petits, vous devez être affamés. Comment je vais faire pour vous préparer rapidement quelque chose de bon à manger ? dit-elle en courant vers la cuisine.

– Rien n'est impossible pour une femme, réplique Mina.

C'est ce que dit toujours Gunilla quand elle rencontre une difficulté.

En entendant le commentaire de Mina, Gunilla l'embrasse.

Quelque chose de particulier est en train de se produire, tout le monde en a conscience. La nuit est tombée et la forêt du côté de la montagne est bien sombre. Mischa reste sur le perron à renifler, les yeux tournés vers l'obscurité. Elle semble agitée.

– Qu'est-ce que tu as, Mischa, demande Marcus. Qu'est-ce qui t'inquiète comme ça ? Il y a un problème là-bas ?

Mischa continue de flairer en direction de l'obscurité menaçante.

Oui, il y a un problème, c'est certain.

Le matin, ils se rendent compte que Mischa a disparu.

Comment est-ce possible ? Elle a dû s'échapper par une fenêtre ouverte au rez-de-chaussée.

La petite Elsa a passé la nuit dans le grand lit avec les enfants, son museau enfoncé dans l'oreille de Mina qui a très mal dormi. Quand Moa la réveille pour jouer, c'est elle qui dit :

– Laisse-moi dormir, essaie de comprendre.

Des éclats de voix attirent cependant son attention et quand elle entend Grand-père crier : « Mischa a disparu », les dernières traces de sommeil s'effacent immédiatement.

Mina va retrouver Marcus qui est assis sur le perron, les yeux embués de larmes.

– Mischa est partie, sanglote-t-il.

Il est resté dehors toute la matinée à appeler la chienne, les yeux rivés sur la montagne. En vain.

– Hier soir, j'ai senti qu'il se passait quelque chose de bizarre, dit Grand-père qui a rejoint les enfants regroupés sur le perron. Mais, ne vous inquiétez pas, Mischa reviendra. Elle a été appelée par quelque chose.

– « Quelque chose » ne peut pas appeler, fait remarquer Ia. C'est qui, ce « quelque chose » ?

– Je ne sais pas. Il faut attendre.

Ils commencent donc à attendre. Il était prévu qu'ils se rendent au camp de base ce matin pour pouvoir ensuite s'attaquer à la montagne, mais il n'est pas possible de partir tant que Mischa n'est pas revenue.

– Il faut attendre Mischa, répète Grand-père. Nous devons rester groupés.

C'est ce jour-là que Trognon et sa mère Lotta arrivent dans le Värmland.

Lotta, la fille de Gunilla, a une semaine de vacances et elle a prévu de confier Trognon à Gunilla, sa grand-mère, qui est complètement gaga de son petit-fils. Bien qu'il n'ait que huit mois et qu'il ne sache pas encore marcher, il est le plus beau, le plus merveilleux, le plus intelligent des bébés. Bref, Trognon est une pure merveille. Quand Gunilla se met à parler de lui, les enfants ne peuvent pas s'empêcher de bâiller. Un jour, Marcus a même fait semblant de s'endormir, ce qui l'a beaucoup vexée. A part quand il est question de Trognon, Gunilla est plutôt sympa et sait apprécier les bonnes blagues.

Même si Mina en a assez d'écouter les louanges de Gunilla, elle aime beaucoup Trognon. Il lui fait penser au potager de son arrière-grand-mère, Vega, parce qu'il est mignon comme un chou.

Lotta et Trognon arrivent au milieu de la journée. Marcus propose aussitôt à Trognon de les accompagner en haut de la Montagne aux trois grottes. Mina, inspirée par son rêve sur les cannibales, suggère qu'ils l'emmènent au camp de base pour le manger avec de la crème, tellement il est chou, au cas où ils viendraient à manquer de vivres.

Lotta n'apprécie pas du tout son idée, elle se fâche même très fort.

Toutes leurs tentatives de plaisanter tombent à plat. Au beau milieu d'une blague sur Trognon, Marcus éclate en sanglots.

– Je l'aime tellement, Mischa. Je suis sûr qu'elle ne reviendra jamais. Les chasseurs l'ont sûrement tuée.

Il est inconsolable.

Lorsqu'il prononce le mot « chasseur », tout le monde se tait. Plus personne n'a envie de plaisanter.

Mischa revient à 14h30.

Elle est trempée, épuisée et elle a une petite blessure à l'oreille, mais elle semble en bonne santé. Elle refuse obstinément d'entrer dans la maison. Elle attrape Grand-père par la jambe de son pantalon, l'attire vers le perron, s'arrête et fait mine de repartir vers la forêt. De toute évidence, elle a quelque chose à dire.

– Il faut aller voir ce qu'elle cherche à nous faire comprendre, dit Grand-père. J'ai besoin de deux enfants pour m'assister. Y a-t-il des volontaires ?

– Aubbbbbbb pssss bubbb, fait Trognon qui a rampé jusque sur le perron.

– Impossible. Tu es trop petit, lui explique Grand-père.

– Moa veut partir avec toi, dit Moa.

– Pas possible non plus, dit Grand-père.

Voyant que Mina, Marcus et Ia ont levé leurs mains, il ajoute :

– Mina et Marcus, vous serez chargés de mission. Et toi Ia, tu seras responsable du camp de base et tu te tiendras à la disposition de ceux qui auront besoin de ton aide.

– Il ne faut jamais dire « aide », commente

Mina. Gunilla l'a bien dit. Ça doit aller de soi.

– Oui, oui, d'accord, s'énerve Grand-père, mais ça c'est valable uniquement quand il est question du ménage. Maintenant, il faut qu'on y aille.

Mina jette un regard vers la forêt. Il n'y a encore pas si longtemps, elle lui paraissait attirante avec ses bouleaux, qui avaient poussé autour de l'abri de la défense suédoise, et ses pins majestueux. Derrière les collines, on devine l'immense montagne qui porte un nom étrange et beau : la Montagne aux trois grottes.

A présent, ils vont s'enfoncer dans cette forêt devenue menaçante.

Quand elle était encore à la maison, Mina avait juste à appeler ses parents quand elle avait un peu peur et ils venaient aussitôt la rassurer. Aujourd'hui, elle a très peur, mais elle n'appelle personne. La situation ne s'y prête pas. Ils doivent rester groupés et pénétrer dans la forêt sombre pour essayer de comprendre ce que Mischa cherche à leur expliquer. Ils sont obligés de passer par là pour pouvoir réaliser leur expédition et grimper jusqu'en haut de la Montagne aux trois grottes.

– Vous êtes prêtes, les filles ? lance Grand-père.

Quand vous aurez bouclé vos soutiens-gorge, on s'en ira !

C'est une plaisanterie qu'utilisaient les chasseurs alpins quand Grand-père faisait son service militaire.

– Très drôle, fait Ia.

– Allons-y ! dit Mina.

Ils retraversent la forêt en direction de la Montagne aux trois grottes à la découverte de cette chose que Mischa tient tant à leur montrer.

Compte tenu de la rapidité avec laquelle Mischa avance, personne ne pourrait imaginer qu'elle a réellement 119 ans. Parfois, elle s'arrête pour les attendre, mais dès qu'ils l'ont rattrapée, elle repart de plus belle.

Visiblement, il y a urgence.

Le sol est détrempé après la pluie de la nuit et la progression est difficile. Il suffit de frôler une branche pour recevoir une douche. Au bout d'une heure de marche, ils entendent Mischa aboyer.

– Elle a repéré quelque chose, constate Grand-père. C'est un avertissement.

– Regardez, l'avertissement est là-bas ! s'écrie Marcus, avant d'ajouter : c'est quoi, un avertissement ?

– Ecoute-moi, Marcus, dit grand-père, Mischa est une chienne de chasse. Quand elle repère par exemple un élan, ce qui est sa spécialité, elle le « tient au ferme ». Ça veut dire qu'elle l'empêche de partir et qu'elle aboie pour nous prévenir, pour nous avertir. Il n'est donc pas possible de voir un avertissement. On l'entend.

– Mais moi, je le vois son avertissement. Il est là-bas, maintient Marcus en pointant son doigt devant lui.

Et là, cent mètres plus loin, ils découvrent Mischa, devant ce qu'elle veut leur montrer.

Ils s'approchent, prudemment.

Mischa leur indique une crevasse dans la roche à deux mètres d'elle. Au fond, il y a un loup, absolument immobile. Ils s'approchent encore un peu et se rendent vite compte que l'animal est mort. Il a reçu une balle dans la poitrine. A en juger par les traces de sang par terre, il n'est pas mort tout de suite. Il a dû faire de gros efforts pour se traîner jusqu'à cet endroit et se mettre à l'abri. C'est sans doute comme ça qu'il s'est retrouvé dans cette crevasse.

Il a dû réussir à s'éloigner suffisamment pour se cacher, puisque les chasseurs ne l'ont pas retrouvé.

– Ce sont les braconniers dont a parlé l'ours ? demande Mina en éclatant en sanglots.

– Salauds d'assassins, siffle Grand-père.

Les enfants qui ressentent la même chose que lui, ne le disputent même pas pour avoir dit des gros mots.

– Je suis d'accord avec toi, assure Marcus.

Sa lèvre inférieure tremble.

Le loup, qui leur paraît gigantesque, a les yeux fermés. Il est très beau. Ils ont du mal à le regarder sans penser à la souffrance qu'il a eu à supporter.

Mischa est toujours aussi impatiente. Elle a visiblement encore quelque chose à leur montrer. D'un bond, elle monte sur un rocher derrière lequel pousse un petit sapin dont les branches descendent jusqu'au sol.

Il y a quelque chose en dessous. Mais quoi ?

Marcus est le premier à grimper en haut du rocher, il soulève les branches et il voit…

– Grand-père ! Viens vite ! crie-t-il.

Grand-père et Mina le suivent, ils écartent les branches et…

Ils découvrent un petit museau et deux yeux qui les dévisagent. C'est un petit animal qui tremble comme une feuille.

Un petit louveteau.

Gros comme un chat. Il a dû suivre son père, sans que les chasseurs s'en aperçoivent, et est ensuite resté caché à côté de lui. Peut-être n'a-t-il pas compris que son père était mort.

Le louveteau est trempé jusqu'aux os, il tremble de tout son être. Il semble totalement épuisé et ne bouge presque pas. La froide nuit pluvieuse a dû être épouvantable pour lui.

Grand-père soulève le petit animal et le retourne pour l'examiner avec attention. Le louveteau, probablement trop faible pour réagir, se laisse faire.

– Au moins, il n'est pas blessé, constate Grand-père. Les chasseurs se sont concentrés sur le loup et ne se sont même pas rendu compte qu'il y avait aussi ce petit. Après avoir regardé le loup mort un bon moment, il dit en secouant la tête :

– C'est bizarre qu'ils aient tué le père. Ça doit

signifier que la mère s'en est sortie. Elle se cache certainement à proximité.

– Où ça ? demande Mina. Il faut la retrouver.

– Je ne sais pas, répond Grand-père. Elle s'est peut-être réfugiée dans sa tanière en attendant le départ des chasseurs. Il faut aussi qu'elle s'occupe des frères et sœurs de ce petit. Elle ignore sans doute que celui-ci a réussi à s'échapper.

– Elle n'a peut-être pas d'autres enfants, suggère Marcus.

Ils réfléchissent un moment à l'hypothèse avancée par Marcus, puis ils pensent à ce que doit ressentir la louve et ça leur fait de la peine.

Le louveteau se blottit contre Grand-père. Avec l'écharpe verte que sa mère lui a offerte pour son anniversaire, Mina se met à le frotter.

– Il était grand temps qu'on le retrouve, dit Grand-père. Une nuit de plus lui aurait été fatale.

– On l'appellera Rubert, propose Marcus.

– C'est une petite fille, fait remarquer Grand-père.

– Alors, on l'appellera Maïa-Rubert, dit Marcus.

Comme Ia n'est pas là pour lui dire que Maïa-Rubert n'est pas un nom pour une petite louve, personne ne s'oppose à sa décision.

– Et maintenant, qu'est-ce qu'on fait ? demande Mina.

– Il va falloir rentrer pour mettre Maïa-Rubert au chaud. Ensuite il faudra retrouver sa maman, dit Grand-père.

Les yeux de la petite louve expriment la peur et l'inquiétude. Elle tremble encore mais Mina continue inlassablement de la frotter avec son écharpe. Elle est presque sèche.

– Bon, je vais prévenir la police, annonce Grand-père. Il est interdit de tuer les loups et ces chasseurs doivent être arrêtés. Nous prendrons Maïa-Rubert avec nous, mais il faut laisser le corps de son père sur place, pour que la police puisse examiner le lieu du crime.

Mina se rappelle soudain quelque chose.

– Mischa ! Nous avons oublié de remercier Mischa !

Mischa est sagement assise au pied du rocher. Mina descend la retrouver pour la prendre dans ses bras. La chienne, de nature modeste, est d'abord un peu gênée mais la joie prend vite le dessus. Ils savent tous que la petite louve n'aurait pas survécu si Mischa ne les avait pas poussés à retourner dans la forêt.

Ils regagnent bientôt la maison.

Gunilla les attend sur le perron. Elle a Trognon dans les bras. Grand-père a glissé la petite louve sous son anorak et, arrivé devant Gunilla, il la sort pour lui montrer.

Gunilla en a le souffle coupé et manque de lâcher Trognon.

– Qu'est-ce que c'est que ça ?! s'exclame-t-elle. Où l'avez-vous trouvé ?

Au fur et à mesure que Grand-père raconte leur histoire, Gunilla devient de plus en plus grave. Elle a eu le temps de s'inquiéter pendant leur absence et elle a conscience de ce qui aurait pu leur arriver.

– Et qu'avez-vous l'intention de faire du louveteau ?

– A mon avis, sa mère est quelque part dans la forêt. Ou peut-être dans la montagne. Il faut qu'il y retourne puisque sa place est là-haut, mais d'abord nous devons lui refaire une santé. Il n'en peut plus.

Ia a déjà mis du lait à chauffer, elle a aussi sorti un matelas du placard et elle a trouvé un sachet de bouillie pour bébé dans le garde-manger. Elle ignorait bien entendu que son Grand-père ramènerait un petit animal à la maison, mais on aurait dit qu'elle s'en était douté. Ia est une excellente planificatrice. Elle et Gunilla se plongent dans les livres de cuisine à la recherche de renseignements sur la nourriture des louveteaux mais sans rien trouver.

– Nos livres sont nuls, constate Gunilla.

Marcus et Mina se mettent à construire un lit pour la petite louve et Marcus fait du feu dans la cheminée pour qu'elle se réchauffe rapidement. Trognon rampe autour de l'animal en poussant des petits cris, sans doute en langage de loups. Maïa-Rubert, qui semble le comprendre, le regarde d'abord un peu effrayée puis étonnée.

– Si on couchait Trognon et le bébé-loup dans le même lit ? propose Marcus.

– Pourquoi ? demande Moa.

– Parce que les bébés aiment bien dormir ensemble.

Ia apporte un biberon qu'elle a piqué à Trognon.

Mina prend Maïa-Rubert dans ses bras pendant que Ia lui donne à boire. Marcus lui gratte le ventre et Moa garde un torchon prêt au cas où elle régurgiterait. La chaleur et la fatigue aidant, les paupières de la petite louve deviennent de plus en plus lourdes pour se fermer entièrement alors que le biberon est encore à moitié plein. Sous les regards attentifs des enfants, Maïa-Rubert s'arrête progressivement de boire pour sombrer dans un sommeil profond.

Au son du crépitement du feu, Mina porte la petite louve à son lit et, entourée des autres enfants, elle la borde et remonte tout doucement la couverture jusque sous son menton. Ils sont là tous les quatre, non tous les cinq, en comptant Trognon qui, lui, n'a pas participé au sauvetage et qui ne comprend pas la gravité de ce que le petit animal a vécu. Trognon s'endort rapidement, lui aussi, dans son lit à barreaux.

Le soir, les quatre enfants restent longtemps à veiller la petite louve qui dort profondément et qui semble confiante. Jamais ils n'ont vu un animal aussi beau.

Mais que lui réserve l'avenir ?

La nuit, Mina est réveillée par un drôle de bruit.

La chambre est plongée dans le noir, le feu s'est éteint mais il reste encore un peu de braise dans le foyer. Les autres enfants dorment dans leurs lits alors que Mina a préféré s'allonger à côté de Maïa-Rubert pour éviter que celle-ci ne s'ennuie trop de sa maman (comme Mina dans le temps) si jamais elle se réveillait.

Le bruit qui a tiré Mina de son sommeil ressemble à une sorte de mélopée monotone et plaintive, *ooouuuuuuuuuaaaaaa*. Il vient de loin et est très faible. Il s'arrête pour aussitôt reprendre : *ooooooouuuuuuuuaaaaaaa*.

Mina comprend : c'est la maman de la petite louve qui l'appelle. Oui, c'est un appel. Elle cherche son petit. Mina se tourne vers Maïa-Rubert qui s'est réveillée, elle aussi. Elle a les yeux rivés au plafond, elle a entendu l'appel de sa mère.

Mina prend une de ses pattes posées sur la couverture et la garde dans sa main. Le chant d'appel se fait entendre encore et encore pour, finalement, s'arrêter.

Mina regarde la petite louve dont la fatigue ne tarde pas à s'emparer. Bientôt sa respiration régulière annonce qu'elle s'est de nouveau endormie. Mina garde sa patte dans sa main pour continuer de la rassurer. Quelques instants plus tard, elles dorment toutes les deux.

Le matin, la petite louve est la première levée.

Elle trotte jusqu'au lit de Trognon pour le regarder derrière les barreaux. Elle doit se demander qui est ce drôle de personnage. Trognon glisse son pouce dans la gueule de la louve et rit aux éclats.

Une grande partie de la journée est consacrée au nettoyage de la fourrure de Maïa-Rubert et à son alimentation. On lui donne surtout du lait pour bébé mais elle aime aussi le Coca qu'on lui verse dans une soucoupe.

Grand-père est assis devant la table de la cuisine. Il est perdu dans ses pensées. Mina lui a raconté ce qui s'était passé pendant la nuit et cela l'a rendu encore plus pensif.

– Elle cherche son enfant, dit-il. La prochaine fois qu'on l'entendra, il faudra en profiter pour essayer de la retrouver.

– Je voudrais qu'on garde Maïa-Rubert pour

toujours, dit Ia. Je l'aime tellement.

– Non, ce n'est pas possible, s'oppose Grand-père. Un loup est fait pour vivre dans la forêt et dans la montagne. N'oublie pas que sa mère le cherche.

– Alors, qu'est-ce qu'on va faire ? demande Marcus.

Grand-père regarde longuement Mischa, couchée à ses pieds.

– On peut dire que Mischa descend des loups, commence-t-il. Son arrière-arrière-grand-mère était une louve originaire de la toundra sibérienne. A mon avis, Mischa sait ce qu'il faut faire. N'est-ce pas, Mischa ? dit-il en se tournant vers elle, toi tu sais ce qu'il faut faire ?

Mischa ne réagit pas. Elle joue un moment avec le louveteau mais elle en a vite assez. Maïa-Rubert continue de s'amuser avec une pelote de laine.

– Mischa ! répète Grand-père. Tu sais ce qu'il faut faire, n'est-ce pas ?

Au bout d'un moment, Mischa se dirige vers la porte ouverte, elle traverse la pelouse et elle monte sur une grosse dalle en pierre à la lisière de la forêt. Elle lève la tête et se met à pousser un hurlement long et monotone. C'est très beau : *uuuuuuuuuu oooooooooo uuuuuuuuuuu.*

Puis elle baisse la tête et elle se tait un instant, les oreilles aux aguets, avant de reprendre son chant.

Personne ne l'a jamais entendue hurler comme ça. Ça sonne un peu triste, ça fait presque peur, mais c'est en même temps très beau. Mischa reste sur la dalle environ une demi-heure. Tous les enfants sortent sur le perron pour l'écouter en silence. Ils ont compris qu'ils sont en train d'assister à un événement rare et qu'une très belle chose se prépare.

Après un long moment, ils entendent une réponse dans le lointain. On dirait qu'elle leur parvient du sommet de la Montagne aux trois grottes. Un hurlement très faible, un chant dont l'intensité varie.

– C'est elle, dit Grand-père. C'est sa mère. Maintenant elle sait.

– Qu'est-ce qu'elle sait ? demande Mina.

– Elle sait que son petit est ici. A mon avis, elle va venir chercher Maïa-Rubert.

– Et nous, on veut bien qu'elle vienne la chercher ? demande Mina.

– Mischa le lui a promis, explique Grand-père. Elle lui a donné cette promesse à travers son chant.

Et une promesse, ça se tient.

– Maintenant, qu'est-ce qu'on fait ? s'informe Marcus.

– On attend.

Une longue attente commence.

L'après-midi passe, puis la nuit et la matinée.

La petite louve est toujours le plus bel animal qu'ils aient jamais vu mais elle semble nerveuse et elle dort mal. Son sommeil est agité, elle se réveille souvent pour tendre l'oreille et écouter.

Encore une nuit. Toujours rien. Pas le moindre chant d'appel de sa mère. Qu'est-ce qui a bien pu se passer ?

Les chasseurs sont-ils revenus ?

A la tombée de la troisième nuit, elle arrive.

Gunilla, Grand-père et les cinq enfants sont tous attablés dans la cuisine.

Mischa a repris sa place sous la table. Comme d'habitude, elle espère que quelqu'un fera tomber un bout de saucisse par mégarde. Curieusement, cela arrive souvent à Marcus. Il est interdit de donner à manger à Mischa ailleurs que dans sa gamelle, pour éviter qu'elle ne prenne de mauvaises habitudes, mais Marcus n'arrête pas de perdre des morceaux de nourriture par terre. C'est plus fort que lui. Gunilla lui jette alors un regard sévère en lui faisant remarquer que sa maladresse l'étonne beaucoup, lui qui est habituellement si adroit.

Marcus se dit aussi étonné qu'elle et il fait une drôle de tête en entendant les bruits de satisfaction de Mischa sous la table.

La petite louve, assise sur les genoux de Mina, se régale avec le pâté de foie que celle-ci lui donne. Elsa est installée à côté d'Ia. Il règne une ambiance chaleureuse dans la cuisine lorsque, soudain, un *oooooooo uuuuuuiiiii oooooommmmmm* se fait entendre. Est-ce le chant de la maman louve à la recherche de son petit ?

Cette fois-ci, elle est plus proche.

Ils sortent sur le perron et la découvrent immédiatement.

Elle est perchée sur le monticule à la lisière de la forêt, là où les pins et les bouleaux ont envahi l'ancien abri militaire.

C'est une louve d'une taille impressionnante. Parfaitement immobile, elle les fixe du regard. Grand-père a son petit dans les bras.

– Qu'est-ce qu'on fait ? demande Marcus.

– Lâche Maïa-Rubert, Grand-père, dit Mina. Il faut qu'elle retourne auprès de sa maman.

Délicatement, Grand-père pose la petite louve par terre. Celle-ci les regarde les uns après les autres, Grand-père, les enfants, Mischa et Elsa comme pour leur demander conseil. La louve se met de nouveau à chanter, *oooooooooouuuuuuuuuoooooo*, pas très longtemps cette fois-ci mais suffisamment pour que son petit l'entende.

A la vitesse de l'éclair, Maïa-Rubert file à travers la pelouse pour rejoindre sa mère qui la dévisage d'abord, comme pour s'assurer qu'elle est en bonne santé. A moins que la joie qui submerge la louve ne l'empêche de réagir autrement. Très rapidement, elle commence cependant à lécher la tête et le dos de Maïa-Rubert.

– C'est pour effacer notre odeur, explique Marcus.

La louve prend ensuite la direction de la forêt, suivie de très près par son petit. Avant d'être hors de leur vue, elle s'arrête et se retourne pour regarder le groupe de gens amassés sur le perron.

On dirait qu'elle cherche à les remercier.

– Elles vont où ? demande Ia.

– Chez elles, dit Grand-père.

– C'est où, chez elles ?

– Je n'en ai aucune idée.

Les lèvres de Marcus se mettent à trembler et les larmes lui montent aux yeux. Mais il se reprend vite, renifle et dit :

– Moi, je peux voir l'endroit où elles habitent.

– Non, tu ne peux pas, s'oppose Ia. C'est impossible.

– Parfois on arrive à voir à travers la forêt et la montagne. Moi j'y arrive et je vois très bien où elles habitent. Mais je ne vous le dirai pas.

Marcus a souvent raison, c'est pourquoi personne n'ose le contredire, même sans comprendre ce qu'il peut bien voir.

A présent, il fait presque nuit. La maman louve est partie avec son petit.

– Nous les reverrons un jour, assure Grand-père. Je ne sais pas où ni comment, mais je le sens.

Demain, nous allons reprendre l'expédition vers la Montagne aux trois grottes.

Ils rentrent tous avec le pressentiment qu'un événement extraordinaire les attend. Seule Mischa reste à l'écart. Elle semble à nouveau préoccupée. Sait-elle quelque chose que les autres ignorent ?

Chapitre 5
L'EXPÉDITION REPREND

Grand-père est debout depuis longtemps déjà, lorsque Mina sort de la chambre des enfants. Il a commencé à préparer leurs affaires.

Il enroule les sacs de couchage et les attache sur le sac à dos avec les tapis de sol. Gunilla le regarde faire, l'air soucieuse.

– Je n'aime pas que vous partiez, dit-elle. Le portable ne fonctionne pas là-haut… non, je ne suis pas rassurée. Si quelque chose vous arrivait, vous ne pourriez même pas nous prévenir. Trois jours, c'est long !

– Il ne nous arrivera rien, enfin je l'espère, dit Grand-père.

– Mais imagine que…

Après le petit-déjeuner, qui se déroule en silence, une « conférence » est prévue sur le perron. Grand-père doit faire une présentation de ce qui les attend et les enfants sont censés poser des questions, après quoi les décisions seront prises en commun.

Mischa est couchée par terre, les oreilles dressées. Elle est visiblement tendue.

Grand-père commence :

– Aujourd'hui, nous allons entreprendre notre grande expédition qui nous demandera environ trois jours. Il serait sans doute possible de la faire en deux jours, mais j'ai peur que ce soit un peu juste. Nous allons vaincre la Montagne aux trois grottes et nous allons faire cela ensemble.

– C'est quoi « vaincre » ? demande Marcus.

– Monter jusqu'en haut, explique Ia.

– Qui va partir ? s'inquiète Marcus.

Grand-père lance un regard autour de lui, il inspire profondément avant de répondre :

– D'abord Mina car c'est pour elle que cette expédition a été préparée. Ensuite Moa. Je pense qu'elle en aura la force, à condition que nous nous arrêtions de temps en temps pour souffler. Puis Marcus et enfin Ia. Quant aux chiens, j'ai beaucoup réfléchi. Je crois finalement qu'il serait plus sage d'emmener seulement Mischa. Elsa est trop petite. Il vaut mieux qu'elle reste à la maison pour protéger Trognon et Gunilla.

Tout le monde acquiesce avec gravité. Non, les petites pattes d'Elsa ne pourraient pas gravir la montagne, ils en sont tous persuadés.

– Il faut mettre des bottes, poursuit Grand-père, et nous devons bien manger avant de partir. Et surtout il ne faut pas avoir peur.

La dernière remarque les étonne tous.

– Pourquoi aurions-nous peur ? demande Ia.

La question reste sans réponse. Mina se dit que l'expédition ne sera pas aussi simple qu'elle l'avait cru. Peut-être y a-t-il réellement des raisons d'avoir peur.

Sinon, pourquoi Mischa resterait-elle sur le perron, les yeux rivés sur la montagne ? Les chiens sont souvent plus sages que les hommes. Ils ont de l'intuition, ils sont capables de voir ce qui se cache derrière les forêts et les montagnes. Peut-être voient-ils même dans le futur.

Il n'est pas impossible que Mischa sache une chose qu'elle garde pour elle. Mina n'arrive pas à écarter un sentiment désagréable. Ce n'est pas de la peur. C'est plutôt comme quand on se trouve sur un toit et qu'on regarde le vide en dessous. C'est le vertige.

Ils se mettent en route. Gunilla, Trognon et Elsa les suivent du regard en leur faisant des signes de la main. La dernière partie de l'expédition vers la Montagne aux trois grottes vient de commencer.

Vers cinq heures de l'après-midi, ils atteignent le camp de base situé à la première grotte. Tout s'est bien passé. Ils avaient prévu une pause presque toutes les demi-heures, mais puisque les enfants n'avaient pas forcément envie de faire pipi et caca en même temps, ils ont en réalité fait des pauses presque tous les quarts d'heure. Grand-père a fini par s'énerver un peu :

– Inspirez-vous de Mischa qui n'a même pas besoin de s'arrêter. Elle se contente de faire quelques gouttes par-ci par-là.

– Mais Mischa n'est pas gênée par les vêtements, a fait remarquer Marcus.

Le camp de base n'a pas changé depuis qu'ils en sont partis cinq jours plus tôt. Pourvu que le stock de vivres soit intact ! Pressé de le vérifier, Marcus court les derniers cent mètres. Il ressort de la grotte en brandissant un Daim.

– Tout est là ! rassure-t-il les autres, la bouche tellement pleine de chocolat qu'il est à peine compréhensible.

Bien que la grotte ne soit pas située très haut, seulement à une centaine de mètres du pied de la montagne, Grand-père est bien essoufflé en y arrivant. Il faut dire que son sac à dos est assez lourd.

A part quelques feuilles mortes et quelques branches sèches qui traînaient par terre, la grotte est vide et propre. Les provisions sont à leur place, rangées sur une avancée du rocher dans le fond.

Personne n'y a touché.

– Contrôle ! annonce Grand-père.

Il enlève son sac à dos et s'assied par terre. Les enfants et Mischa se mettent en ligne devant lui.

– Commençons par le contrôle de l'état physique de l'équipe ! En partant de la droite, chacun me fera le point sur sa santé et m'annoncera d'éventuelles blessures. A vous, je vous écoute !

C'est Moa qui commence.

– Je voudrais de la glace !

– Très bien, dit Grand-père. Tu es donc dans ton état normal. Et toi, Marcus ?

– Bon. Moi, je repense à la pêche d'hier. J'avais l'impression que ma perche était plus petite que celle de Ia, mais, en fait, c'était un brochet et les brochets sont toujours plus gros que les p…

– Marcus, arrête ! Il faut parler de sa santé, lui fait remarquer Ia.

– Si jamais j'arrive à monter jusqu'en haut, je redescendrai en volant. Si j'écarte mes bras…

– Marcus ! Tu ne peux pas voler !

– Si c'était possible, je le ferais. Je pourrais aussi faire appel à un ange et m'en servir comme d'une mobylette, ça serait moins fatigant pour mes jambes que de…

Une dispute entre Marcus et Ia est de nouveau sur le point d'éclater.

– Changeons de tactique, proposa Grand-père. Que celui qui a une cloque au talon lève la main !

Personne ne lève la main.

– Que celui qui est fatigué lève la main!

Tout le monde la lève sauf Mischa qui s'est endormie par terre.

– Que celui qui a faim lève la main !

– Moiiiiii ! hurle tout le monde en chœur.

Ça réveille Mischa.

– Parfait, dit Grand-père, mais il faut d'abord préparer notre matériel de couchage avant qu'il fasse nuit.

Avec l'aide de Mina qui a encore un peu de force, il défait son sac à dos. Ils déroulent les tapis de sol et les deux sacs de couchage, chacun prévu pour deux adultes. Bien qu'ils soient six, ça devrait aller. Mischa ne compte pas et Moa est toute petite.

Le dîner devient vite une fête fantastique. Grand-père prépare cinq belles assiettes de nourriture, toutes pareilles, mais avant de s'y attaquer, chacun a le droit d'arranger la sienne à son goût. Un véritable troc s'ensuit : une saucisse contre un Daim, un Coca contre un Fanta, des framboises contre des fraises, des sucettes contre des barres chocolatées. Au bout d'une demi-heure, les enfants se sont tous constitué leur repas idéal. Sauf la pauvre Mischa qui regarde tristement sa gamelle de croquettes. En voyant sa déception, Grand-père fait un tour de magie : il plonge sa main dans sa poche et en sort une poignée de boulettes de viande. Mischa est folle de joie. Le repas peut commencer.

– N'oubliez pas qu'il est interdit de donner à manger à Mischa quand nous sommes à table. Seulement, je me pose la question suivante : sommes-nous réellement à table ?

– Noooon ! répondent les enfants en chœur.

– Dans ce cas…

Grand-père trouve encore quelques boulettes de viande dans son autre poche.

– Ne dites rien à Gunilla. Elle trouve que je gâte trop Mischa. Vous n'allez pas cafter ?

– Noooon !

– Parfait. Vous êtes donc solidaires avec moi.

– C'est quoi « solidaire » ? demande Marcus.

– C'est quand on ne dit rien à Gunilla, explique Grand-père.

La nuit se met doucement à tomber et à sept heures déjà, tout le monde se glisse dans les sacs de couchage.

Grand-père et Marcus dans l'un, Ia, Mina et Moa dans l'autre. Mischa va s'allonger à côté de Moa en voyant qu'elle a un gros chagrin. Il suffit à Moa d'enfoncer son visage dans la fourrure de la chienne pour s'arrêter de pleurer.

– Une rude journée nous attend demain, dit Grand-père. Vous avez besoin d'une bonne nuit de sommeil pour pouvoir vaincre la montagne. Je propose que nous fassions notre prière du soir et que nous chantions une petite chanson.

Dieu, toi qui aimes les enfants
Veille sur moi qui suis petit

Où que j'aille dans le monde,
Garde mon bonheur entre tes mains

Celui que tu aimes, Seigneur,
Sera toujours heureux.

Grand-père chante ensuite une chanson de son répertoire :

Peu importe si le ciel et la terre brûlent,
Si les collines et les montagnes disparaissent.
Seules les promesses demeurent,
A condition que tu aies la foi.

Quand il a fini de chanter, la grotte est plongée dans le noir.

Marcus se met à ronfler. Très, très faiblement. Peu de temps après, Mischa le rejoint en faisant des *pfuiiii, pfuiiii, pfuiiiiii.*

Mina, qui s'ennuie de sa mère, s'endort bien après les autres.

Quand Mina se réveille le lendemain matin, il tombe une petite pluie fine. Mischa est postée devant l'ouverture de la grotte et elle contemple la vallée. Les nuages sont si bas que seules les cimes des arbres les plus proches sont visibles.

Grand-père s'extirpe avec difficulté de son sac de couchage.

– Pas drôle, ce temps, constate Marcus, encore bien au chaud dans le sien. Il faut vraiment qu'on monte sur la montagne aujourd'hui ?

– Absolument, dit Ia.

– Absolument, renchérit Moa.

Le mauvais temps ne semble pas avoir ébranlé leur bonne humeur. Après le petit déjeuner, pris en silence, Grand-père sort des vêtements de pluie pour tout le monde. Gunilla, qui a deviné qu'il allait pleuvoir, s'est procuré des imperméables, ce dont ils lui sont très reconnaissants.

A 10 h pile, ils partent.

La pente est nettement plus raide maintenant et le sentier qui conduit au sommet relativement étroit. Mischa et Mina sont en tête, Grand-père ferme la marche. Les pins deviennent progressivement plus petits et plus rares pour bientôt disparaître. Au-dessus d'une certaine altitude, il ne pousse rien d'autre que de la mousse et de toutes petites fleurs. Au bout d'un moment, la pluie cesse, mais la brume s'évertue à persister.

La brume est en réalité un nuage, blanc comme du lait. C'est à la fois angoissant et solennel de marcher dans un nuage. Même s'ils ne voient rien de ce qui se passe en dessous d'eux, ils savent qu'ils sont arrivés assez haut.

– Il y aura des anges quand on sera sortis du nuage ? demande Marcus.

– On verra bien, répond Grand-père. Nous n'allons pas tarder à le savoir.

– Tu crois que je pourrais en emprunter un ?

– Pour quoi faire ?

– Pour m'en servir comme mobylette. Je pourrais redescendre sur son dos, ça serait moins fatigant, explique Marcus.

– Arrête de parler d'anges ! ordonne Ia. Les anges n'existent pas. Du moins pas ici. Tu es trop paresseux. De toute façon, les anges ne voudront pas voler avec toi.

– J'en vois un, dit Marcus.

– Mais arrête ! s'énerve Ia.

Grand-père leur demande de cesser de se disputer et de garder leur énergie pour la suite.

Soudain, ils arrivent au-dessus du nuage et ils voient se dresser devant eux le sommet de la Montagne aux trois grottes, qui est maintenant très près. Le nuage s'étend sous leurs pieds comme une mer blanche. Oui, ils l'ont réellement traversé. Mais le soleil ne brille pas pour autant, car il y a d'autres nuages au-dessus.

Ils se trouvent à trois cents mètres du sommet et ils distinguent nettement les deux grottes. On dirait deux yeux noirs qui les regardent. Ça fait un peu peur.

– C'est là qu'on va ? s'inquiète Mina.

– Oui, confirme Grand-père. Et quand nous

serons là-haut, tu comprendras pourquoi tu n'auras plus jamais peur d'un crocodile vert.

– Pourquoi je le saurai à ce moment-là ?

– Parce que ! répond Grand-père.

Ils entament la dernière partie de l'escalade. Jusque-là, Grand-père a clos la marche, parce que, disait-il, le plus âgé devait s'assurer que personne ne restait à la traîne. Or cette fois-ci, il part le premier. On le voit à peine derrière son gros sac à dos.

Impatient d'arriver au but, il avance presque en sautant jusqu'au dernier raidillon. Le nuage qu'ils viennent de traverser s'étend en dessous d'eux comme une vaste plaine blanche, au-dessus il y a d'autres nuages et devant eux s'élève le sommet avec ses deux grottes. Il règne un silence impressionnant.

L'ouverture d'une des grottes n'est plus qu'à quelques mètres devant Grand-père. Subitement, quelque chose de terrible se produit.

La pluie a rendu les pierres glissantes et l'impatience de Grand-père n'est sans doute pas étrangère à l'affaire. Toujours est-il que son pied dérape et qu'il perd l'équilibre. Il cherche désespérément à le recouvrer en moulinant des bras, mais c'est peine perdue. Il tombe lourdement ! Un grand fracas, provoqué par les pierres qu'il a entraînées dans sa chute, brise le silence.

Grand-père atterrit dans une crevasse. Tout d'abord, les enfants le croient mort. Puis ils le voient se tordre et gémir doucement en grimaçant comme s'il souffrait le martyre. Au bout d'un moment, ils l'entendent râler : « Imbécile ! Tu t'es mis dans de beaux draps ! »

Ils sont tous conscients que c'est une véritable catastrophe.

Marcus est le premier à oser s'approcher de Grand-père qui a le sac encore attaché à son dos. Il regarde Marcus en lui faisant un drôle de petit sourire qui traduit à la fois de la douleur, de la gêne et la volonté de s'excuser.

– Ça va, Grand-père ?

Grand-père grommelle quelque chose en guise de réponse tout en essayant de se libérer de son sac, mais ça lui fait trop mal. Il abandonne vite.

– Je crois bien que je me suis cassé la jambe, dit-il. Oui, c'est sûr, elle est forcément cassée.

– Dans ce cas, il va falloir qu'on se dépêche de rentrer, dit Marcus.

Grand-père essaie de rire mais ça n'a rien à voir avec son gentil rire habituel.

– Malheureusement, je ne peux pas rentrer. Mais j'avoue que j'aurais bien voulu.

– Alors, qu'est-ce qu'on fait ? demande Mina d'une voix tremblante.

Elle a compris que ce qui venait d'arriver était très embêtant.

Pour comble de malheur, il se remet à pleuvoir. Ce n'est pas un petit crachin comme tout à l'heure mais une pluie franchement désagréable : de la neige fondue, froide et pénible.

La peur s'empare de tous les enfants.

Grand-père, dont le rôle devrait être de les rassurer, est couché dans la crevasse en grimaçant de douleur et en cherchant à se débarrasser de son sac à dos.

– Mon petit Grand-papa, sanglote Moa.

Que vont-ils bien pouvoir faire ? Grand-père, qui a enfin réussi à enlever son sac, respire avec difficulté en regardant la grotte qu'il a ratée de quelques malheureux mètres. La pluie glaciale tombe de plus en plus drue. On ne peut pas dire que la situation soit brillante. Ils ont cinq heures de marche derrière eux et Grand-père vient de se casser une jambe.

Que peuvent-ils bien faire ?

– Il faut monter jusqu'à la grotte pour nous mettre à l'abri, dit Grand-père, sinon nous risquons de mourir de froid.

– Mais comment ? demande Marcus en pleurant. Tu ne peux pas marcher…

Grand-père cesse immédiatement de gémir, il regarde Marcus et lui dit :

– Marcus, imagine qu'on monte un pin à vélo. Tu arrives à imaginer ça, n'est-ce pas ?

Marcus sanglote au lieu de répondre.

– Imagine !

– Oui…

– Dans ce cas, tu peux aussi imaginer que nous montions jusqu'à la grotte. Moi, je ne peux ni faire de vélo, ni marcher mais je saurai me traîner. OK ?

– OK, dit Marcus en essuyant ses larmes.

– Très bien. Toi, tu prendras le sac à dos, Mina et Ia m'aideront à me traîner.

Tous suivent les ordres de Grand-père.

La grotte n'est qu'à vingt-cinq mètres, mais il leur faut presque une heure pour y parvenir.

Plus tard, ils se demanderont comment ils y sont arrivés.

Ia et Mina tirent et poussent Grand-père qui participe comme il peut avec sa jambe valide tout en grommelant : « Quel imbécile je suis ! Pourquoi j'ai entraîné les gosses dans une galère pareille ? » Sa jambe le fait terriblement souffrir. Mais tant pis pour lui, il l'a bien cherché.

Marcus lutte de toutes ses forces pour monter le sac à dos le long du sentier raide, centimètre par centimètre.

– Allez, Marcus, courage ! lui lance Grand-père de temps à autre.

Du courage. Voilà une chose dont ils ont tous besoin.

Ils finissent cependant par atteindre la grotte, bien plus grande que celle qui leur sert de camp de base. Mais l'ouverture est plus petite, d'environ un mètre seulement, et il fait très sombre à l'intérieur. Grand-père y pénètre en rampant et en donnant libre cours à sa douleur. Ia, Mina et Moa le suivent et, un peu plus loin derrière eux, Marcus avec le sac à dos. Mischa, trempée jusqu'aux os, est celle qui ferme la marche cette fois-ci.

Ils ont donc fini par atteindre la deuxième grotte de la montagne.

Ils auraient aimé explorer l'intérieur, mais comme il y fait noir comme dans un four, c'est impossible. Certains que la grotte est vide, ils ne sont pas vraiment inquiets.

Pourtant il y a quelque chose d'étrange.

Marcus croit distinguer une ombre dans le fond et Mina a l'impression d'entendre couiner et siffler. Ces bruits ne peuvent pas provenir de Grand-père qui est couché à côté et qui respire bruyamment, ni de Mischa qui est restée devant l'ouverture, le regard dirigé vers la troisième grotte à cinquante mètres de là.

Non, il y a quelque chose d'étrange.

Tout à coup, Marcus pointe son doigt vers le noir sans rien dire. Tout le monde se retourne.

Du plus profond des ténèbres, deux yeux jaunes les observent intensément. Les enfants les voient très bien. Grand-père aussi.

S'habituant petit à petit à l'obscurité, ils distinguent ce dont ils se doutaient déjà : la silhouette d'un loup ! Un grand loup qui ne les quitte pas de ses yeux lumineux.

Un loup ! Ils sont entrés dans la grotte d'un loup ! Mais ce n'est pas tout. Marcus continue de pointer son doigt. Y a-t-il autre chose à découvrir ? En effet, juste en dessous des deux yeux jaunes, il y a une autre paire d'yeux. Moins grands. Probablement ceux d'un petit loup.

Ils ont vite fait de comprendre.

C'est un louveteau.

Chapitre 6
LES ASSASSINS DE LOUPS ATTAQUENT

Il y a un moment dont Mina se souviendra toute sa vie avec précision. C'est celui où, assis par terre dans la pénombre de la grotte, ils se rendent compte qu'il n'y a pas seulement une louve, prête à les attaquer, mais aussi un louveteau.

Et ce petit louveteau, ils le connaissent bien !

Ils comprennent que c'est lui, quand ils le voient s'avancer vers eux. Le louveteau se dirige droit sur Mina et commence à renifler son pantalon. Puis il cherche à grimper sur ses genoux pour lui renifler le visage. Après s'être assuré que c'est bien elle, son amie, il lui lèche prudemment la joue.

– C'est Maïa-Rubert ! chuchote Marcus.

Mina fond de nouveau en larmes, pas de tristesse cette fois, ni de peur mais de soulagement et de joie.

Grand-père ne dit pas un mot. Il aurait certainement voulu se plaindre encore un peu, mais il se retient pour ne pas inquiéter les enfants.

La petite louve est en pleine forme. Elle passe de l'un à l'autre pour les saluer. Au bout d'un moment, la maman louve se lève. Sans se presser, elle va attraper son petit par la peau du cou et le ramène dans le fond de la grotte.

Les enfants, relativement rassurés, la regardent faire.

Ils ont l'impression que la louve a compris que ce sont eux qui ont sauvé son petit. Elle reste cependant sur ses gardes. Lorsque Mischa veut dire bonjour à Maïa-Rubert, la maman louve ouvre sa gueule en lui disant à peu près : *AAAaaaaooouuuuuuuu*. Ça ressemble à un rot. Mischa recule en faisant mine de ne pas avoir peur.

– Et maintenant il va falloir sortir les tapis de sol et les sacs de couchage, ordonne Grand-père. Nous avons besoin de nous réchauffer.

Ia et Mina exécutent aussitôt sa demande. Ils ont tous froid et faim. Plus ils pensent à la situation dans laquelle ils se trouvent, plus ils se sentent mal. Grand-père est blessé et ne peut pas marcher, ils n'ont pas de portable, il pleut et la nuit ne va pas tarder à tomber.

C'est une catastrophe.

Les enfants se déchaussent, ils enlèvent leurs vêtements de pluie et se glissent dans leurs sacs de couchage. Ça fait du bien. Même Marcus, pourtant si maigre qu'il a presque toujours froid, cesse de grelotter.

Grand-père s'assied prudemment et tâte sa jambe à plusieurs endroits. Il est blême. Dès qu'il l'effleure, il a mal. Il ouvre la bouche comme Trognon quand il veut que Lotta lui donne le sein, mais aucun bruit ne sort. Ça fait un peu peur.

– Bon, voilà, finit-il par dire. La situation est grave mais pas désespérée. Cette nuit, il n'y aura pas de problème, mais demain il faudra arriver à contacter la civilisation.

– C'est quoi la « civilisation » ? demande Marcus.

– C'est Gunilla. A partir de maintenant, c'est Gunilla Thorgren, 58 ans, qui représente la civilisation, probablement pour la première et la dernière fois de sa vie. Mais ce soir, il est impossible d'entrer en contact avec elle et personne ne commencera à s'inquiéter avant deux jours. Il va donc falloir que nous cherchions à survivre cette nuit en compagnie des loups. Dès demain matin… nous devrons…

Il se tait.

– Tu as un plan, Grand-père ? demande Ia.

– Oui. Un chef d'équipe doit toujours avoir un plan d'urgence à mettre en œuvre en cas de catastrophe. Mais pour commencer, il va falloir que nous nous organisions pour passer cette nuit sans mourir de froid.

– Qu'est-ce qu'on va manger ? demande Marcus qui a toujours faim.

Grand-père pousse un gros soupir.

– Il nous reste dix Daims et huit barres chocolatées. Plus quelques saucisses et quatre cents grammes de bonbons. C'est tout. Ça ne va pas nous faire grossir mais, au moins, ça nous maintiendra en vie.

– J'espère que tu as bien un plan, Grand-père, s'inquiète Mina. Tu en as un, dis ?

– Oui, bien sûr que j'en ai un.

– Je vais donner ma barre chocolatée à Maïa-Rubert, annonce Marcus.

Tout le monde le regarde avec étonnement et admiration.

– Dans ce cas, je te donnerai la moitié de la mienne, promet Ia.

Marcus adresse un petit sourire timide à sa sœur qui semble signifier que leurs disputes sont oubliées. Plus jamais il n'y aura de problèmes entre eux. Désormais ils seront toujours unis.

Ils commencent les préparatifs pour survivre à cette terrible et sombre nuit qui restera à tout jamais gravée dans leurs mémoires.

Le jour décline vite sans que la pluie diminue d'intensité.

A l'intérieur de la grotte, il règne une obscurité totale. Mina n'arrive pas à dormir. Grand-père non plus. Il gémit doucement. Sa jambe cassée l'empêchant de se glisser dans un sac de couchage, les enfants se sont allongés autour de lui pour éviter qu'il ait trop froid. Mischa a eu la bonne idée de s'installer sur son ventre.

Cela le réchauffe bien.

Mina voit le regard jaune de la louve briller dans le noir pendant un bon moment avant de s'éteindre. La respiration des autres enfants est tranquille et régulière. Elle comprend qu'elle est la seule à être réveillée. Soudain, elle sent quelque chose de doux et de chaud contre sa joue.

C'est la truffe du louveteau !

Avec infiniment de précaution pour ne pas réveiller les autres, Mina défait la fermeture de son sac de couchage pour permettre à la petite louve de se glisser à côté d'elle.

– Que dirait ta mère si elle savait que tu dors avec moi ? chuchote-t-elle.

Au lieu de répondre, Maïa-Rubert lui donne un petit coup de museau avant de se recroqueviller, de pousser un soupir et de s'endormir.

Mina remonte la fermeture éclair pour garder la chaleur. Avec Mischa pour couverture, Grand-père ne doit pas avoir froid lui non plus.

Mina passe finalement une bonne nuit avec Maïa-Rubert couchée dans le creux de son épaule. Elle dort profondément sans rêver ni de crocodiles ni de cannibales.

Le matin, Mina est réveillée par Grand-père qui bouge à côté d'elle. Il a repoussé Mischa de son ventre, il s'est assis et regarde tristement sa jambe cassée.

Il fait jour et la pluie s'est arrêtée. L'ouverture de la grotte laisse entrer un rond de lumière. La nuit est finie. Mina essaie de se rappeler s'ils ont mangé quelque chose hier soir. Puis elle voit le tas de papiers qui contenaient les barres chocolatées, elle voit aussi une barre intacte à l'endroit où la louve a dormi.

La louve n'y est plus. Visiblement, elle n'aime pas le chocolat, pense Mina. En aidant Maïa-Rubert à sortir du sac de couchage, elle la rassure en prenant le même ton que sa propre mère :

– Ta maman ne va pas tarder. Elle est juste partie travailler mais elle va bientôt revenir. Ne t'inquiète pas, Maïa-Rubert. Tu vas à la garderie d'habitude ?

Le louveteau lève un regard étonné. Il doit trouver la question trop étrange pour y répondre.

– Allez ! Debout, tout le monde, clame Grand-père. Il va falloir agir.

– Tu avais bien un plan… ? insiste Marcus d'une toute petite voix du fond de son sac de couchage.

– Oui.

– Qui va nous sauver ?

– Oui.

– Très bien, dit Marcus, de sa petite voix peureuse. Super. Bravo Grand-père.

Grand-père leur explique son plan qui va les tirer de cette mauvaise passe.

Il doit être huit heures du matin. Normalement, Moa et Marcus sont en route pour la garderie, Ia et Mina pour l'école et Mischa pour une promenade avec Grand-père.

Mais ce n'est pas un jour normal.

– Je ne peux toujours pas bouger, commence Grand-père, et mon portable ne fonctionne pas mais il faut absolument entrer en contact avec la civilisation.

– Avec Gunilla, précise Marcus, fier d'avoir compris.

– C'est ça. Avec Gunilla pour qu'à son tour, elle se mette en rapport avec des secouristes qui nous tireront d'ici. Moi, surtout. Il faudrait qu'ils viennent nous chercher en hélicoptère. Quelqu'un d'entre vous doit descendre prévenir Gunilla. Ça va demander cinq heures et la route n'est pas facile. Moa et Marcus n'y arriveront pas. J'ai bien peur que… Grand-père se tait un instant avant de reprendre :

– Ia, penses-tu pouvoir le faire ? Pas seule, bien sûr. Mischa, qui connaît le chemin, t'accompagnera. C'est toi la plus grande et la plus résistante des enfants. Tu y arriveras, tu crois ?

Toutes les têtes se tournent vers Ia qui est assise par terre en train de gratter le louveteau derrière les oreilles. Elle lève les yeux et croise leurs regards. Que peut-elle dire ? La route est longue, la descente jusqu'au camp de base va lui demander au moins cinq heures et après il lui restera encore un bon bout de chemin jusqu'à la maison.

– Mischa viendra avec moi, c'est sûr ?

– Il faut qu'elle vienne avec toi. C'est une condition absolue.

– Dans ce cas, j'y vais, dit Ia.

Cinq minutes plus tard, Ia est prête à partir.

Les enfants sont allés lui chercher son imperméable, deux Daims, une barre chocolatée et cinq boulettes de viande pour Mischa.

– Je dois la tenir en laisse ? demande Ia.

– Oui. C'est Mischa qui te conduira, pas l'inverse. Surtout, restez ensemble. Quoi qu'il arrive.

A tour de rôle, les enfants vont caresser Mischa qui semble consciente de l'importance du moment. Ia ne parle pas beaucoup, mais Mina voit que ses lèvres tremblent légèrement.

– Ia, nous comptons sur toi, dit Grand-père.

Marcus regarde longuement sa sœur avant de s'approcher d'elle pour l'enlacer et lui dire, les larmes aux yeux :

– Rien n'est impossible pour une femme.

Il sait que c'est une phrase à prononcer quand la situation est critique.

Ia et Mischa partent donc pour accomplir leur mission.

Du haut de la Montagne aux trois grottes, l'équipe en détresse les regarde s'éloigner et devenir deux petits points avant de disparaître complètement.

Au milieu de la journée, le soleil perce la couche de nuages.

La maman louve n'étant toujours pas revenue,

Maïa-Rubert se met à couiner. Marcus a récolté de l'eau de la paroi de la grotte et il y dissout le dernier morceau de chocolat. Il donne le mélange à la petite louve qui en goûte un peu avant de détourner la tête.

Mina cherche à détendre l'atmosphère en chantant une chanson, sans grand succès.

– Je crains qu'il ne faille se préparer à l'idée de passer encore une nuit ici, annonce Grand-père.

Moa fond en larmes.

C'est à ce moment-là, vers les cinq heures de l'après-midi, qu'un coup de fusil retentit.

Il vient d'assez loin. L'écho rebondit contre les montagnes pendant plusieurs secondes avant de s'évanouir. Tous, sauf Grand-père, se précipitent vers l'ouverture de la grotte, mais les nuages ont de nouveau recouvert la forêt et la vallée d'une couche d'ouate. Ils ne voient absolument rien. Le sommet de la montagne vogue tel un navire sur une mer blanche.

– C'était quoi ? demande Mina.

Ils tendent l'oreille en retenant leur respiration.

Seul le couinement de plus en plus misérable du louveteau trouble le silence. Soudain, le petit animal dresse la tête et pousse un hurlement triste, *uuuuuuuuuuuUUUUUUUuuuuuuuuuu*. Jamais auparavant ils ne l'ont entendu hurler.

Sa mère surgit brusquement de la mer blanche pour, à toute vitesse, se diriger vers la grotte en bondissant d'un rocher à un autre.

– Les chasseurs ! crie Marcus. Ils ont essayé de la tuer !

Maïa-Rubert, folle de joie, tourne autour de sa mère jusqu'à ce que celle-ci l'attrape par la peau du cou pour littéralement la lancer vers le fond de la grotte. Elle se poste ensuite devant l'ouverture d'où elle scrute la vallée.

Les enfants s'aperçoivent alors qu'elle saigne.

Ce n'est pas une grande blessure, juste un trait rouge au niveau du cou. La balle l'a seulement effleurée, mais elle aurait pu lui faire très mal.

– Elle saigne, dit Mina. Grand-père, as-tu un sparadrap ?

– Sparadrap ! répète Moa en tendant son doigt. Moi aussi je veux un sparadrap !

– Va me chercher le sac à dos, dit Grand-père.

Grand-père a apporté une trousse de secours, c'est-à-dire une boîte contenant les médicaments et les produits pharmaceutiques nécessaires pour administrer les premiers soins. Il en sort un flacon de désinfectant dont ils se servent chaque fois que quelqu'un se fait une égratignure. Avant l'histoire du crocodile, de l'expédition et de l'accident de Grand-père, Mina criait comme un cochon qu'on égorge quand on lui en mettait, tellement ça la piquait. Mais c'était il y a longtemps. Après tout ce qui vient de se passer, elle ne se plaindra plus pour un rien.

Munie du flacon et d'un peu de coton, Mina va retrouver la louve, toujours en train de surveiller la vallée. En imbibant le coton du désinfectant, elle la prévient :

– Au début, ça va piquer un peu, mais je sais que tu es courageuse. Ça va aller.

La louve tourne la tête et jette un regard sur Mina comme si elle n'en croyait pas ses oreilles.

– Voilà, dit Mina, ça pique un peu.

Cette histoire, Mina la racontera ensuite de nombreuses fois en louant le courage de la louve qui a accepté de se faire soigner sans broncher.

Pas le moindre gémissement, bien que ça pique. Pas un froncement de sourcils.

– Comme tu es courageuse, la flatte Mina. Voilà, ta blessure est propre, tu ne risques plus que ça s'infecte.

Au même moment, ils voient les chasseurs s'approcher.

Plus vite qu'il ne faut pour le dire, les enfants se précipitent au fond de la grotte. La louve les suit. Elle se dirige droit vers son petit qu'elle plaque contre la paroi pour le protéger avec son propre corps.

– Ils vont la tuer, s'inquiète Marcus.

– Du calme, dit Grand-père. Ils ne savent pas que nous sommes ici.

– Et alors ? Puisque ce sont des assassins.

– Dès qu'ils te verront, ils prendront peur, essaie de plaisanter Mina.

Marcus regarde sa cousine sans rien dire et soudain, ne supportant plus de voir les tentatives désespérées de la louve pour sauver son petit, il prend une décision.

Il se précipite dehors et se campe sur l'étroite avancée rocheuse devant la grotte. Les deux chasseurs, qui ont compris que la louve se cachait à l'intérieur, avancent de plus en plus vite. Ils ne sont maintenant plus qu'à une cinquantaine de mètres.

Marcus se met à agiter les bras et à hurler de toutes ses forces :

– SALES ASSASSINS !!!

L'écho se propage entre les montagnes.

Les deux chasseurs se figent sur place, les yeux tournés vers Marcus. Qui est ce fou ?

– On vous a vus ! poursuit Marcus. SALES ASSASSINS !

Les chasseurs échangent quelques mots, l'un des deux secoue la tête. Visiblement, ils ne savent pas très bien quelle attitude adopter. Ils ont tiré sur un loup, ils sont à peu près certains de l'avoir blessé et de le retrouver dans la grotte.

Et que voient-ils à la place ? Un petit gamin en bottes et en ciré vert qui leur hurle :

– LA POLICE ne va pas tarder à venir vous attraper. Nous l'avons PRÉVENUE !

Les hommes se consultent de nouveau, puis un des deux se remet à grimper en secouant la tête.

– Tais-toi donc, lui crie Grand-père.

Mais Marcus n'a pas du tout l'intention de se taire. Au bord des larmes, il recommence à hurler :

– L'hélicoptère de la police est en route et alors, vous…

Ne sachant pas très bien comment continuer, il ajoute :

– … vous serez TORTURÉS !

Le deuxième homme se remet alors à grimper, lui aussi. Il n'y a plus d'espoir. Ils ne vont pas tarder à être découverts dans la grotte. Ils sont tous perdus. Comme la louve. Comme Maïa-Rubert.

Soudain, un bourdonnement se fait entendre.

Les deux hommes s'immobilisent, les regards tournés vers un point noir qui grossit à vue d'œil. Marcus le voit également. On dirait un oiseau noir qui vole au-dessus de la mer blanche dans laquelle nage la Montagne aux trois grottes.

Il avance vite. Mais au lieu d'avoir des ailes, il a des pales. Petit à petit, ils voient clairement que c'est un hélicoptère de police.

Sur le côté de l'appareil est inscrit POLICE en grosses lettres. Les chasseurs font aussitôt demi-tour et dévalent la pente. L'un d'eux tombe, mais il se relève vite et continue sa course, le fusil à la main et sans lâcher du regard l'hélicoptère qui descend à toute vitesse.

Pendant que son complice disparaît dans la mer de brume, le deuxième homme, qui visiblement a du mal à avancer, s'assied, comme en proie à une grande douleur.

L'hélicoptère continue sa descente en traçant des cercles de plus en plus serrés.

Chapitre 7
LA TROISIÈME GROTTE

Ia ne se souvient plus du chemin qu'ils ont emprunté pour l'aller, mais Mischa n'a rien oublié, et il faut faire vite. Si jamais elles ne sont pas parvenues à la maison avant la tombée de la nuit, elles seront perdues.

En montant, Ia a surtout fait attention au sentier et à ses pieds, alors que Mischa a observé et enregistré ce qui se passait autour. L'instinct de ses ancêtres, les chiens de traîneau de Sibérie, ne l'a pas abandonnée. Elle avance méthodiquement et tranquillement, la tête baissée et sans se retourner.

« Mischa, maintenant tout dépend de toi, pense Ia. Il faut que tu retrouves la route. Ceux qui sont dans la grotte comptent sur nous. Il ne faut pas que tu te trompes, Mischa. »

Mais elle ne dit rien, elle se contente de suivre Mischa qui continue imperturbablement d'avancer.

Oui, elle peut faire confiance à Mischa.

Il ne pleut plus mais le brouillard est épais.

Le vrai maître c'est Mischa, Ia se sent comme un chien au bout de la laisse. Elles traversent le nuage blanc où la visibilité est réduite à quelques mètres. Il n'y a pas de chant d'oiseaux. Les seuls bruits sont celui de l'eau qui ruisselle le long de la montagne et le frottement des chaussures contre les pierres. C'est assez effrayant. Mischa avance, le souffle court, sans hésiter entre les différents chemins possibles.

Arrivées de l'autre côté des nuages, en dessous cette fois-ci, la visibilité s'améliore sensiblement. A chaque fois que Ia veut s'arrêter pour se reposer, Mischa lui lance des regards inquiets.

– Ne t'en fais pas, Mischa, dit Ia. J'y arriverai mais j'ai besoin de souffler.

Parfois, elle ne peut pas s'empêcher de pleurer de fatigue. Mischa se met alors sur ses pattes arrières et lui lèche le visage. Cela fait rire Ia qui reprend aussitôt force et courage.

Le seul vrai problème c'est les cloques aux pieds. Ia a les talons en sang. Elle essuie l'intérieur de ses bottes sans pleurer mais en lâchant un « merde ». C'est ce que dit son père quand il a des problèmes.

Ses jambes ne lui obéissent plus. Elle n'arrête pas de trébucher et de s'écorcher les mains. Mischa la regarde avec inquiétude. Une fois, Ia a même du mal à repartir, Mischa se met alors à trembler de tout son corps. Peut-être craint-elle que Ia ne se relève plus, peut-être est-elle épuisée, elle aussi.

Elle lèche le visage de Ia comme pour lui dire : « Allez, Ia, courage ! Rien n'est impossible pour une femme ! »

Ia essaie de la rassurer en se relevant sur ses jambes chancelantes :

– Ça va aller, Mischa, sanglote-t-elle. On continue !

Avec de plus en plus de mal, elles poursuivent leur chemin, conscientes que la nuit ne va pas tarder à tomber.

Au bout de six heures de marche, elles arrivent enfin à la maison.

Ia est en nage et elle a les deux mains en sang. Mischa aboie pour attirer l'attention de Gunilla qui apparaît aussitôt sur le perron, Trognon dans les bras. Elle pousse un cri lorsqu'elle comprend ce qui est arrivé.

Mischa se précipite dans la maison pour boire de l'eau tandis que Ia s'affale sur le perron. Elle reste un long moment immobile, le regard dans le vide. Elles y sont arrivées !

Gunilla appelle d'abord une équipe de sauvetage à Karlstad, puis la police.

– Comment vont-ils faire pour les retrouver ? s'inquiète-t-elle. Ils ne savent pas où sont situées les grottes.

– Ne t'en fais pas, la rassure Ia. Moi, je sais. Ils sont dans la deuxième grotte et j'irai avec eux. Il y en a trois dans la montagne : la première, c'est notre camp de base et la seconde, c'est la grotte aux loups. C'est là qu'ils sont.

– La troisième alors ?

– Je ne la connais pas. Nous n'y sommes pas allés.

– Pourquoi ?

– Je n'en sais rien.

L'hélicoptère des secouristes arrive. Il survole le lac Vällen, en bas de la maison, puis le village de Helgeboda avant d'atterrir sur la pelouse pour récupérer Ia et Mischa qui vont les guider jusqu'à la deuxième grotte de la montagne.

L'hélicoptère s'élève parmi les nuages. Vues d'en haut, les deux grottes de la montagne semblent veiller sur la vallée comme deux yeux noirs.

Ia scrute le versant et donne des indications aux deux pilotes. Devant la grotte de droite, ils aperçoivent un petit garçon blond qui lève la tête vers eux.

C'est Marcus ! Mais Ia voit aussi deux hommes qu'elle ne connaît pas. Bizarre ! L'un dévale la montagne à toute vitesse pour bientôt se faire engloutir par la couche nuageuse, l'autre fait une chute, perd son fusil et reste ensuite par terre sans bouger.

– Les chasseurs ! Ce sont les assassins des loups ! crie-t-elle à l'oreille du policier.

L'hélicoptère fait un virage.

– Ça fait longtemps que nous les cherchons, ces deux-là, dit le policier en hochant la tête, et il appelle un deuxième hélicoptère.

Le plus urgent est de secourir les malheureux dans la grotte. Dans un deuxième temps, ils attraperont les braconniers qui cette fois-ci ne leur échapperont pas.

Par chance, il y a un plateau juste au-dessus de la grotte aux loups. Le pilote s'y dirige pour se poser. Le vrombissement des moteurs est assourdissant. Une cascade de branches et de terre enveloppe la machine qui finit par atterrir sur le sommet de la montagne.

Du bord du plateau, Ia regarde Marcus qui, fou de bonheur, lui fait de grands signes. Les autres le rejoignent. Les quatre enfants sont de nouveau réunis.

Les sauveteurs se dirigent vers la grotte avec un brancard.

Grand-père, allongé par terre, les regarde plein de reconnaissance. Il ressent encore plus de gratitude envers celui qui lui administre une piqûre analgésique dans la jambe. Il laisse échapper un « ouf » de soulagement et sourit pour la première fois depuis deux jours. Les secouristes le soulèvent prudemment pour l'installer sur le brancard.

Mischa reste tout le temps près de Grand-père pour s'assurer que tout se passe correctement.

– Vous y êtes arrivées ! dit Grand-père à Ia.

– Oui, mais sans Mischa, ça n'aurait pas été possible, fait-elle remarquer sur un ton d'adulte.

– Je n'aurais pas résisté un jour de plus, affirme Grand-père.

– Mais si. Bien sûr que si. On est plus fort qu'on ne pense, réplique Mina qui a suivi leur conversation.

Grand-père n'ajoute rien. Il sait qu'elle a raison mais il ignorait que Mina avait compris cette vérité.

Les secouristes remontent dans l'hélicoptère avec Grand-père installé sur son brancard.

Le moment est venu de quitter cette grotte qui, au début, leur paraissait si terrifiante mais qui, finalement, leur a sauvé la vie. Main dans la main, les enfants s'enfoncent une dernière fois à l'intérieur pour dire au revoir aux deux louves.

A tour de rôle, ils prennent Maïa-Rubert dans les bras, sous le regard de la maman louve. La craignant encore un peu, ils se contentent de lui adresser un signe de tête et Marcus lui dit sur un ton solennel :

– Je vous remercie beaucoup pour ces deux jours, Madame Louve. Je suis ravi d'avoir fait votre reconnaissance.

– Connaissance, rectifie Ia.

Marcus est le dernier à quitter la grotte. Il regarde les autres grimper les quelques mètres qui les séparent de l'hélicoptère. En voyant Mina monter, il se souvient qu'il a oublié de faire quelque chose.

Ou plutôt, qu'ils ont oublié de faire quelque chose.

Près de la grotte aux loups, il y a une autre grotte : la troisième de la montagne.

Marcus veut absolument la connaître. Il ne peut pas quitter la Montagne aux trois grottes sans l'avoir explorée.

Elle se trouve seulement à cinquante mètres de là. Il faut qu'il y aille.

Il repère un étroit sentier, parallèle au sommet, et décide de s'y engager. Arrivé plus près, il constate que la troisième grotte est identique à la seconde avec son ouverture ronde d'environ un mètre cinquante. Il s'en approche.

A l'intérieur, il fait très sombre. Petit à petit, ses yeux s'habituent à l'obscurité et il distingue une grosse masse brune. Immobile. Quelqu'un qui dort, peut-être. Très lentement, une tête se détache de la masse et deux yeux se tournent vers lui.

C'est un ours !

L'ours qu'ils ont vu passer devant la première grotte. L'ours qui a grogné pour les mettre en garde contre les chasseurs. Mischa a très bien compris son message. A présent, Marcus a trouvé sa tanière !

Le petit garçon et l'ours s'observent d'abord. Puis Marcus dit :

– Tu peux être parfaitement tranquille. Un deuxième hélicoptère est en route. Les assassins ne reviendront pas. Ils ne vont pas tarder à être capturés.

L'ours lève la tête et il ouvre sa gueule gigantesque pour bâiller, puis il la repose entre ses pattes comme pour dire : « Je te remercie, mais essaie de comprendre ».

Il semble avoir hâte de reprendre sa sieste interrompue.

Marcus part rejoindre les autres.

L'hélicoptère décolle lentement à la verticale avec son nouveau chargement et il met le cap sur l'est, en direction de l'hôpital de Karlstad.

– Où étais-tu passé, Marcus ? demande Ia sur un ton agacé. Qu'est-ce que tu as encore fabriqué ?

– J'ai vu un ours.

Un rire général éclate. Une véritable explosion de soulagement. L'expédition est terminée et ils s'en sont sortis, même s'ils ont frôlé la catastrophe. La plaisanterie de Marcus est trop drôle.

Le seul qui ne partage pas leur euphorie est Marcus.

A travers le hublot, Grand-père voit le sommet de la montagne encore entouré du nuage blanc. On dirait un énorme éléphant noir dont les deux yeux croisent les siens. L'hélicoptère s'en éloigne lentement. Soudain, Grand-père devine quelque chose qui bouge devant la troisième grotte. Il essuie la buée du hublot et il approche son visage pour mieux voir. Il aperçoit très distinctement un ours brun qui sort de la grotte. L'énorme bête se dresse sur ses pattes arrière et regarde l'hélicoptère.

Un ours. Marcus a réellement vu un ours.

L'hélicoptère met les gaz, la montagne devient de plus en plus petite, le pilote vire vers l'est.

Grand-père se tourne vers Marcus :

– Dis-moi encore une fois ce que tu as vu.

Marcus, toujours vexé, murmure :

– De toute façon, personne ne me croit.

Grand-père le regarde longuement, puis il lui caresse la tête en souriant :

– Moi je te crois.

L'hélicoptère est maintenant haut dans le ciel. Ils ne distinguent plus la Montagne aux trois grottes. L'expédition est définitivement terminée.

Le soir même, les assassins des loups sont arrêtés. L'homme blessé d'abord, puis son complice.

La camionnette, qu'ils ont garée près de la salle des fêtes à Helgeboda, à proximité de la ferme de Janne Johansson, est remplie d'œufs et d'oiseaux protégés. Les deux braconniers sont originaires de Hanovre, une ville située en Allemagne.

Peut-être n'ont-ils rien compris à ce que Marcus leur criait mais, dans le fond, cela n'a aucune importance.

Quoiqu'il en soit, cela les a fait fuir.

Une agitation incroyable suit le retour des rescapés.

La jambe de Grand-père est plâtrée à l'hôpital universitaire de Karlstad. Il n'est autorisé à regagner la maison qu'au bout de quelques jours. Ce qui est une bonne chose, puisqu'il a besoin d'être au calme avant d'affronter la colère des parents. Il a du mal à leur expliquer l'intérêt de l'expédition. Gunilla est obligée de faire preuve de force et de persuasion pour les empêcher d'aller lui tirer les oreilles déjà à l'hôpital.

Avait-il totalement perdu la tête ? Comment a-t-il pu exposer les enfants à de tels dangers ? Cela aurait pu très mal se terminer !

Les parents se calment cependant en voyant que les enfants sont en pleine forme et qu'ils ont vécu une aventure extraordinaire.

Le père de Marcus a la bonne idée d'acheter un fauteuil roulant électrique pour Grand-père. C'est un Handubischi avec trois vitesses qui va à 20 km à l'heure, maximum. Mats explique cependant qu'il est possible de gonfler le moteur et d'atteindre 45 km à l'heure. Un vrai bolide !

Mats organise une course de vitesse sur un parcours qu'il a tracé autour de la maison et sur la pelouse où il a planté quelques piquets. C'est Grand-père qui l'inaugure. Son record est de 1 minute et 46 secondes. Marcus le remplace vite dans le fauteuil de course. Il fait d'abord un premier tour prudent en 1 minute 32 secondes avant de foncer et de rater le virage le plus serré. Le fauteuil se renverse.

– Marcus ! dit son père, tu dois freiner avant de t'engager dans le tournant. Je vais te montrer. Tiens, voilà le chronomètre. Regarde-moi.

Grand-père les observe de sa place sur la pelouse. Mina est assise à côté de lui avec son petit chiot, Elsa Gilbertsson, qu'elle gratte derrière les oreilles.

– Tu te souviens comment tout cela a commencé ? lui demande Grand-père. Tu as été mordue par un crocodile et tu as rencontré des cannibales, n'est-ce pas ?

– Pff, fait Mina. Ce n'était qu'un rêve.

– C'est vrai ?

– Mais oui. J'étais petite à l'époque. Ça fait si longtemps.

Grand-père la regarde longuement sans rien dire.

Pendant ce temps-là, Mats, qui est aussi immature que son père, d'après sa femme Ingrid, s'approche du virage difficile, fermement décidé à battre le record. Il s'y engage à toute allure, le fauteuil se retourne et il atterrit dans les orties après avoir fait plusieurs tonneaux. Marcus vérifie le chronomètre un sourire aux lèvres, mais il ne l'arrête pas.

– Oui, tu as raison, Mina, dit Grand-père. Cela fait très longtemps. Déjà trois semaines.

Mina est assise dos au parcours, sans se préoccuper de Grand-père, de Mats ni de Marcus. La forêt devant elle ne lui paraît plus du tout sombre et menaçante. En fermant les yeux, elle imagine qu'elle emprunte de nouveau le chemin qui conduit au camp de base, puis aux deux autres grottes en haut de la montagne. Elle pense à l'ours qui dort paisiblement dans sa grotte, à la louve et surtout au louveteau.

Maïa-Rubert est probablement en train de scruter la vallée depuis l'entrée de la grotte.

Peut-être voit-elle dans le lointain un petit bout du lac Vällen, la fumée qui monte de la cheminée des maisons et, tout au fond, les montagnes norvégiennes. Elle n'a plus peur, elle non plus. Elle pense certainement à Mina, à tout ce qui s'est passé, à la manière dont elle a été sauvée par Mischa et à la nuit qu'elle a passée avec les enfants dans leur maison. Mina est persuadée qu'elle manque beaucoup à la petite louve.

Voilà toute l'histoire. C'est ainsi que les choses se sont passées.

Derniers titres de la collection RÉCITS

LES SECRETS D'IHOLDI
Mariasun Landa et Elena Odriozola

CHEFFIE
Kaat Vrancken & Martijn van der Linden

DANS L'ENFER DE DANTE
Christophe Léon

KURT À LA TÊTE EN COCOTTE-MINUTE
Erlend Loe & Kim Hiorthøy

AMARILLA, L'APPRENTIE SORCIÈRE
Ervin Lázár & Yassen Grigorov

TU SERAS UNE FORMULE 1, MON FILS
Dorine Bertand

L'ÉTERNITÉ, MAIS SANS MOI
Jutta Richter & Rotraut Susanne Berner

CE CAHIER EST POUR TOI
Valérie Dayre

DOGGE
Mikael Engström

CHIPO ET LES PINGOUINS
Franz Hohler

L'OURS ALFRED ET LE CHIEN SAMUEL
Ragnar Hovland

VIRUS
Valérie Dayre

HISTOIRES AU TÉLÉPHONE
Gianni Rodari

MA MAMAN EST DEVENUE UNE ÉTOILE
Azouz Begag & Catherine Louis

QUI A VOLÉ LA MARIONNETTE ?
Marie-Christophe Ruata-Arn

LA LÉGENDE DU ROI ERRANT
Laura Gallego García

TITRE ORIGINAL : *DE TRE GROTTORNAS BERG*

PREMIÈRE ÉDITION PUBLIÉE EN 2003
PAR RABÉN & SJÖGREN BOKFÖRLAG, SWEDEN
PUBLISHED BY AGREEMENT WITH PAN AGENCY

5, CHEMIN NEUF, CH-1207 GENÈVE
ISBN : 978-2-88258-406-9
TROISIÈME ÉDITION : MARS 2009
DÉPÔT LÉGAL : AOÛT 2007
IMPRIMÉ EN ALLEMAGNE